2
VOLUME:TWO
[著]―ミサキナギ
NAGI MISAKI PRESENTS
[イラスト]―黒兎ゆう
KONNA KAWAII
IINAZUKE GA IRU NONI,
HOKA NO
KO GA SUKI NANO?
JN073558

「じゃあね、コーくん。」
北大路 二愛
［きたおおじ にあ］
Nia Kitaooji
SNSで話題沸騰のJK陶芸家として活動する無邪気な自由人。その正体は、幼き日の幸太と《婚約》を交わした張本人。許嫁であることに強く執着しているがその本意とは——？

「――わたしたちは『同盟者』
そうでしょう？」
クリスティーナ・
ウエストウッド
Christina Westwood
超セレブ＆モデルとして活躍する幸太の元許嫁。こじれた《婚約》関係解消のため幸太をサポートすることに。幸太の事は諦めておらず隙あらば『作戦』と称してアプローチを試みる。

（どうしてこうなった――っっ!?）
「――これでいかがでしょうか!?」

東城 氷雨
［とうじょう ひさめ］
Hisame Tojo
クールで寡黙な幸太の元恋人。クリスとの婚約騒動で、自身も幸太の許嫁であることが判明。想い人から告げられた突然の『別れ』に混乱中。

「なんでこんなことになっちまったんだ……!」

仁義なき正妻戦争

波乱の《婚約》関係の行方は——!?

CHRIS
頼れる同盟者
HISAME
クールな元恋人
N
無邪気な幼

KONNA KAWAII IINAZUKE GA IRU NONI, HOKA NO KO GA SUKI NANO?

CONTENTS

一章　そして同盟とラブコメは続く　010

二章　作戦には作戦を　062

三章　黄金比と笑顔　118

四章　天才少女が考えた「好き」の伝え方　164

エピローグ　230

2 VOLUME:TWO

こんな可愛い許嫁がいるのに、他の子が好きなの？

KONNA KAWAII
IINAZUKE GA IRU NONI,
HOKA NO
KO GA SUKI NANO?

【著】――ミサキナギ
NAGI MISAKI PRESENTS
【イラスト】――黒兎ゆう

一章 そして同盟とラブコメは続く

田舎の電車はなかなか来ない。

学校からの帰り道、幸太は電車待ちの列に並んでいた。前には近隣の高校の制服を着た女子二人組がいて、楽しそうに会話をしている。

「昨日のドラマよかったよねえ、見た？」

「うんうん、すごい演技だったよね。特に婚約者役の——」

「ああああああ——っ！」

突然叫んだ幸太に、二人がびくっとして振り向く。そのときには既に幸太は並んでいた列を離れ、駅のホームをダッシュしていた。

『婚約者』

幸太が今、一番聞きたくない単語だった。

どうしても思い返したくないものが、あえて考えないようにしていることが、噴き出してしまう。

ホームの端、誰もいない場所で幸太は立ち止まった。ぜえはあ、と息を整えていると、後ろから声がした。

「もう、コータ。ドラマの話なのに反応しすぎ」

背後にいたのはクリスだった。グラサンを取った彼女は呆れたように笑う。

クリスティーナ・ウエストウッド。世界有数の大富豪、カジノ王タイレルの娘で、千年に一度のハーフモデルとも言われている芸能人だ。そして、幸太の元許嫁でもある。

「……わかるだろ。俺はあの言葉を聞くと頭が痛いんだ……」

「もちろん、コータのことだもの。わたしはわかっているわ」

クリスは近くの自販機でコーラを買うと、幸太に差し出した。

「あげる」

「……サンキュー」

もう一本コーラを買い、クリスは駅のベンチに座った。プルトップを開けて幸太のほうを見る。「ん」と彼女は自分の隣をポンポンと叩いた。

促されるまま幸太は腰を下ろした。

コーラを一口飲む。シュワシュワとした冷たい液体は喉を通り過ぎていったが、爽快感はまるでない。

どんよりとした灰色の雲に覆われた秋の空。ベンチにもたれた幸太の口から思わず呟きが洩れた。

「なんでこんなことになっちまったんだ……」

脳裏に浮かぶのは黒髪の美しい女子生徒。幸太が入学式の日、一目惚れした高嶺の花——東城氷雨だ。

入学式の日から、幸太は彼女と同じ学級委員に立候補して、彼女にアプローチしてきた。彼女に告白してOKをもらえたときは、飛び上がるくらい喜んだ。恋人同士になって過ごした日々は幸太の人生の中で最も輝いていた。

だが、彼の家で氷雨は言ったのだ。

『わたしはてっきり、婚約してるので幸太くんが告白してきたものと思っていました』

「それって、氷雨が自分の意思で俺と恋人になったんじゃないよな？　俺が婚約者だったから交際OKしてくれただけで、本当は何とも思ってなかったってことだろ⁉」

思い当たる節はある。

氷雨はとにかく誰に告白されても絶対になびかない。他の女子がキャーキャー言っているイケメンの先輩が告白してきたときも、考える素振りもなくばっさりフっている。

その中、何故か幸太だけがOKをもらえたのだ。

幸太の告白に、氷雨は迷わず「はい」と言った。あまりにも無機質な即答で、告白した幸太のほうが信じられず訊き返してしまったほどだ。

氷雨には考える必要すらなかったのだ。

婚約者が交際をしたいと言ってきた。いずれ結婚する人とは親しくしておいたほうがいい。

それで氷雨は機械的にＯＫを出した。ただそれだけのことだったのだろう。

「ああ、わかってたよ……。長所も特技もない、今まで一度もモテたことがない俺が氷雨に好かれるはずがないって。でも、告白を受けてくれたら勘違いするだろ？　氷雨も俺を好きなんだって思いたくなるだろうが……！」

思い返せば、氷雨から「好き」と言われたことはない。彼女は大概、無表情だった。話すときも平坦な声で、返事も態度も素っ気ない。

それが氷雨のキャラなのだ、と幸太は納得していたけれど、今となってはそれも疑わしい。

好きでもない幸太と一緒にいたから氷雨は無愛想だった。そう考えられなくもないのだ。

「あああああバカだ。なんで俺は浮かれてたんだ……！　冷静に考えてないだろ、相手はあの氷雨だぞ⁉　高嶺の花！　才色兼備！　ハイスペックすぎる彼女がこんな平凡な俺を好きになるわけ――」

「そんなことないから」

グシャ、と横で音がした。

「コータはいいとこいっぱいあるもん。東城さんは気付かなくても、わたしは知ってるから。コータが優しくて、カッコいいこと」

潰した空き缶をイジりながらクリスは言う。その横顔がほんのり赤くなっていた。

ぶわっ、と幸太の体温が上がる。

「コータが平凡なんてわたしは思わない。少なくともわたしにとってコータは特別。わたしはコータが好――」

「ストップ！　わかったからストップ！」

慌てて幸太はクリスを遮った。

手元のコーラを一気飲みして体温を下げようとする。それでも照れくささはコーラ一本では収まらない。

（そういやハイスペック女子はこいつもだ。しかもクリスにはちゃんと告白されてるんだよな……。わけわからん。俺の人生いきなりどうした⁉　なんで、こんな可愛い女子に好かれているんだ――？）

チラと横目でクリスを窺うと、彼女はふふんと笑っていた。

「今、わたしのこと可愛いって思ったでしょ」

「俺の思考を読まないでくれ！」

叫んで幸太は顔を背けた。これがクリスの恐ろしいところだ。彼女の洞察力は凄まじく、心の声は筒抜けなのだ。

ガコンと空き缶がゴミ箱に落ちる音がした。

「まあ、わたしはコータが大好きだけど、東城さんは違ったみたいね」

空き缶を捨てたクリスは幸太の前に立つ。彼女は大きく両腕を広げた。

「コータ、失恋したんだから、わたしの胸で泣いてもいいのよ」

失恋。

（あれはそういうことになるのか……。婚約者だから付き合ってもらってたなんて、本当の恋人とは言えないよなあ。結局、俺の恋は破れたってことか）

胸が抉られたみたいに痛む。彼女を思い出す度にこんなに辛いのだから、それは確かに失恋なのかもしれなかった。

クリスは潤んだ瞳で幸太を見つめている。目の前には彼女の豊かな双丘があった。氷雨には及ばなくても、十分すぎるほどのボリュームが手の届く場所にある。

幸太は俯いた。

「……クリス、俺を甘やかさないでくれ」

クリスの胸を借りるわけにはいかないのだ。

だって、幸太はまだクリスの告白に答えていない。

恋人でもない女子を抱き締めるなんて幸太にはできなかった。

「冗談よ」とクリスは腕を下ろす。

「そういうバカ真面目がコータのいいところだからっ」

無理やり作ったような笑顔だった。

クリスは幸太の袖を引く。

「ほら、落ち込んでないで電車に乗るわよ。これからコータの家で作戦会議なんだから」

「俺の家で？　作戦会議？」

「まさかコータ、わたしたちの関係を忘れたとは言わせないわよ」

グイグイと引っ張られ、幸太は歩かされる。

電車がホームに滑り込んできて、クリスの金髪が舞った。

「──わたしたちは『同盟者』。そうでしょう？」


当初、クリスと幸太の婚約を解消するために結成された『婚約解消同盟』。

それは現在、氷雨と幸太の婚約を解消するためのものになっていた。

幸太の最寄り駅で降りたクリスは軽い足取りで進む。スキップするような歩調で彼女の短いプリーツスカートが躍っていた。

「久しぶりだなー、コータの家。わたしがいなくなってから増えた家具とかある？」

「あるわけないだろ。そんなポンポン家具を買えるか」

幸太の家は食費すら切り詰めている貧乏ラーメン屋なのだ。

「それより、どうして作戦会議を俺の家でするんだ？　他に場所があるだろ」

「例えば？」

「公園とか」

「あーあ、最近寒くなってきたなあ。もうすぐ冬だもんなあ」

「……ファミレス、とか……？」

「今お財布の中身考えたでしょ、コータ」

「ドリンクバーだけなら……！」

「ファミレスもカフェもNG。わたしが世界のクリスティーナ・ウエストウッドだって忘れたの？　人の多いとこに行くと大騒ぎされちゃうわ」

　芸能人も大変なんだな、と幸太は思う。

「そういうわけでコータの家がベストなわけ」

（まあいいか……つい一週間前までは一緒に住んでたんだしな。今さら気にすることもないか……）

「そうそう。もうコータの家はわたしの家みたいなものだし～」

「その発言はいろいろと語弊があるんだが!?」

　自宅のある安アパートに着き、幸太はドアを開ける。

　瞬間、ふわっと味噌汁のよい香りがした。

「？？？」

　ラーメン屋を営む父親が帰っている時間ではない。

幸太は ドアを開けたまま立ち竦む。

キッチンにポニーテールの女子がいた。古ぼけた蛍光灯の下でも彼女の赤茶色の髪は鮮やかに映った。幸太たちと同じ学校の制服。その上にエプロンをした彼女は、お玉を持ったまま首を回す。

「あっ、コーくん、おかえり」

「――」

ナチュラルな言葉だったが、幸太は返せなかった。

どうして彼女が自分の家にいるのか、さらには味噌汁まで作っているのか、まったく理解できない。

北大路二愛は満面の笑みでパタパタと玄関にやってきた。

「コーくん、コーくん、ごはんにする？　お風呂にする？　それとも――」

「わたしがいるんだけど」

ずい、とクリスが幸太を押し退けて顔を覗かせる。

きょとんとする二愛。次の瞬間、彼女は屈託なく笑った。

「わあ、お客さんがいたんだね。でも大丈夫だよ。コーくんがどれくらい食べるかわからないから、夕食は多めに作っておいたんだ」

「は？　お客さんって、あなたもお客さんじゃなくて？」

「お客さん、コーくん家、スリッパなくてごめんね。靴脱いだらそのまま上がってね」

「そんなことあなたに言われなくたって知ってるわよ！　なんであなたがコータの家を仕切ってるのよ⁉」

指を突きつけるクリスにも二愛は構わなかった。ふんふんと鼻唄を歌いながらキッチンに戻ってしまう。

「コータ⁉」

どういうことなの、とばかりにクリスが振り向く。

幸太は頭を抱えていた。

問題は氷雨と婚約しているだけじゃない。二愛もまた幸太の許嫁なのだ。


「「「いただきます」」」

豪山寺家のダイニングテーブルで三人は声を揃えた。

幸太は味噌汁のお椀を持ち上げる。一口、啜った瞬間「あー」と声が出た。

「すごいほっとする味。味噌汁飲むと日本人でよかったって思うよな」

「ふふ、コーくん大袈裟すぎ」

対面に座る二愛が微笑む。

味噌汁の具はシンプルに豆腐だけで、その分、調理者の腕前が如実に出る。二愛はきちんとダシを取って作ったようだった。

幸太の隣のイスでは、クリスが不機嫌そうに頬を膨らませている。

「ふ、ふんっ。これならうちのシェフが作るビシソワーズのほうが美味しいわ」

と言いながら、すごい勢いで味噌汁を飲み干している。気に入らない人の食べっぷりではない。

幸太は小鉢に盛られた玉子とモヤシの炒めものに箸をつける。

「これも優しい味だな。塩加減もちょうどいいし」

「コーくん、冷蔵庫にモヤシしか野菜がなかったよ。わたし、ちゃんとしたサラダとか作りたかったのにな」

それはもったいないことをしたと思った。

二愛の料理の腕はかなりのものだ。豊富な食材があったら、きっともっと様々な料理が食卓に並んだに違いない。

「ふ、ふんっ。これならうちのシェフが作るスクランブルエッグのほうが美味しいわ」

横を見ると、クリスの小鉢の中身はなくなっていた。クリスは名残惜しそうに小鉢を見つめている。

大皿に載っているのはイワシの煮つけだった。

「この煮つけも最高！　ごはんが進むー」

「ごはんおかわりあるからね、コーくん」

「ふ、ふんっ。これならうちのシェフが作るアクアパッツアのほうが……ううう、ごはんおかわりっ」

悔しげにクリスは空になった茶碗を差し出した。

あらかた食事を終えて、二愛は笑顔になった。

「よかったあ、コーくんもお客さんも喜んでくれて。初めて手料理を披露するのってドキドキするよね」

「あなたねえ」とクリスは二愛をジロと見る。

「いい加減お客さん呼ばわりはやめてくれないかしら。わたしの名前を知らないとは言わせないわよ」

「えーわたし、テレビあんま見ないから、千年に一度のハーフモデルとか詳しくないんだあ」

「そこまで知ってたら知ってるでしょ！　バカにしてるの⁉」

飄々としている二愛と、苛立たしげに足踏みするクリス。

幸太はそろそろ本題を切り出すことにした。

「えーっと、なんで北大路さんが俺ん家にいるの？」

うんうん、と横でクリスが首を大きく動かし、頷く。

ぷっ、と二愛は小さく噴き出した。

「北大路さんって何？　コーくんが他人みたいな呼び方してくるんだけど。ウケるー」

「いや！　俺とおまえは他人――」

「あーちゃんって、幼稚園のときみたいに呼んでいいんだよ、コーくん？」

そんな呼び方をしていたか……、と幸太は額を押さえた。

五歳のときのことだ。全然記憶にない。

「コータが困ってるじゃない。幼稚園のときなんてロクに憶えてるわけ――」

「でもコーくん、わたしと約束したの、憶えてるよね？」

クリスが無視されてムッとする。

二愛は幸太だけを見つめていた。

「わたしのこと憶えてるでしょ？」

あー、と幸太は視線を漂わせた。

正直、憶えていない。

幼稚園のとき、ラーメン屋さんごっこで一緒に遊んでいた女の子に「ずっと一緒にラーメンを作ってほしい」とお願いしたのは憶えている。が、それだけだ。二愛の名前も顔もまったく記憶にない。

どう答えたものか悩んでいると、

突然ガッと顔を両手で摑まれた。

テーブルの向こうから二愛が腕を伸ばしている。

「え、コーくんが自分から言ったんじゃん。わたしと一緒にラーメン作りたいって。ケッコンしてくれるならいいよってわたしが言ったら、コーくんケッコンするって約束したよね。五歳のときからわたしコーくんのお嫁さんになってラーメンどんぶりを作るために毎日陶芸教室通って、小学生も中学生も放課後はずっと粘土捏ねてろくろ回してたくさん作品作って全部コーくんのお嫁さんになるためだけにこれまで人生すべての時間を使ってきたのに肝心のコーくんが約束を忘れてるなんて、あるわけないよね？」

しん、と豪山寺家に沈黙が降りた。

（言えない……忘れてたなんて口が裂けても言えない……）

二愛の爪が顔に食い込んでいる。痛い。物理的にも精神的にも痛い。彼女は目を見開き、真顔で幸太を凝視している。

「ちょ、ちょっと……！」とクリスが助け船を出そうとするものの、二愛は幸太から視線を外さない。

瞳孔の開いた目が幸太を覗き込んだ。

「答えて、コーくん？」

「……あ、ああ、約束は憶えてるよ……」

ぱっと二愛の手が離れた。

えへへ、と彼女は嬉しそうに笑っている。さっきまでの異様な雰囲気はない。幸太のシャツは嫌な汗でびっしょり濡れていた。

「コーくんの家に入れたのはね、徹志さんのお店に寄ったからなんだ」

「親父の店に？」

「わたしが作ったラーメンどんぶり、使ってくださいってあげたらものすごく喜んでくれて。他にもお茶碗とかあるからあげますって言ったら、お店には置く場所がないから、家に置いてほしいって頼まれて」

あー、と幸太は声を洩らした。それで徹志が二愛に家の鍵を渡したのだ。いかにもいい加減な親父がやりそうなことである。

「徹志さんもわたしのこと憶えていてくれたよ。あのときの『あーちゃん』かって。わたしがコーくんのお嫁さんになるって知ったら、徹志さんびっくりするだろうね」

ふふ、と二愛は顔を綻ばせている。

クリスの強い視線を頬に感じた。穴が空くほどクリスは幸太を注視してくる。

（わかってる。俺だってわかってるよ……！　ここで「婚約はなしにしよう」と言わないといけないってことは……！）

とはいえ、幸太はそう簡単に二愛へ婚約破棄を言い渡せない。

親同士が決めた婚約なら、「それは俺たちの意思を無視した横暴だ！」と言える。

けれど、二愛とは他でもない幸太自身が約束したことなのだ。

テーブルの下でクリスが幸太の足を踏んでくる。クリスにせっつかれ、幸太は覚悟を決めた。

「あ、あのさ、二愛」

二愛が首を傾げる。

「幼稚園のときの約束は、俺も憶えてる。二愛がそれをずっと憶えててくれたのも嬉しい。だ、だけどさ、幼稚園のときの結婚の約束はさすがに——」

「あっ、そうだ。コーくんにあげるものがあるんだ」

唐突に二愛は席を立った。

彼女はキッチンの隅にカバンを置いていた。そこから何かを取り出す。

「これ、あげる」

二愛が幸太に見せたのは陶器の人形だった。

「これは、俺……？」

顔の造形はそこまではっきりしていないが、髪型や服装から幸太はそれを自分と判断した。

「あったり～」と二愛は笑う。

「コーくん人形、似てるでしょ？　わたしが作ったんだよ」

「あ、ああ。ありが、とう……？」

自分の人形をもらっても正直、嬉しくないが、律儀に幸太はお礼を言った。

「これどこに飾ろっかなー。コーくん家、狭いから置き場に困るなー」

二愛はまるで自分の部屋みたいに幸太の家を物色している。

その隙にクリスが肘で幸太を突いた。視線で婚約解消の話に戻すよう促してくる。

幸太は再び決意を固めた。

「に、二愛、大事な話があるんだ！」

大きく息を吸った幸太は吐き出す勢いで、

「五歳のときの婚約はなしに――」

ガシャーン、と。

派手な音が幸太の言葉を打ち消した。

幸太は見た。二愛が人形をシンクの縁に勢いよく叩きつけたのを。

人形の頭は木っ端微塵に砕けていた。

首から上を失った人形の幸太。それを手に、二愛は振り向く。

「あっ、人形割れちゃった。ごめんね、コーくん。また作るからね」

薄い笑顔だったが、二愛の目は少しも笑っていなかった。

幸太の全身から嫌な汗が噴き出す。

（これは……婚約解消に触れちゃいけないやつ、なのか……？）

隣でクリスが「……クレイジー」とボヤいた。

傍にやってきた二愛は首のない人形をドン、と幸太の前に置く。

「それで、コーくん。何の話だっけ？」

「……何でもないです」

無惨な自分の人形から目を逸らして幸太は言った。婚約解消の話をもう一度する勇気はなかった。

「北大路二愛……北大路二愛……あったわ。へえ、ちゃんとした陶芸家なんじゃない」

クリスはスマホで何やら調べている。手元を覗くと、どうやらオークションサイトを見ているようだ。

「茶碗一個、十万前後ってとこかしら」

「十万っ⁉」

幸太はぎょっとして二愛を見た。

「俺の一か月のバイト代より多い……十万もする茶碗で飯を食う奴がいるのか？」

「……コータ、さっきコータが使ったお茶碗、北大路さん作じゃないかしら？」

は？

幸太は傍らにある茶碗を見た。確かにうちの茶碗じゃないなとは思っていた。真っ黒い陶器には深い藍色の紋様が入っている。素人目にも綺麗だ。

「よく気付いたね、クリスちゃん。伊達にセレブやってないね」

「……あなた、わたしを苛立たせるのが得意みたいね」

（十万……これが十万、かあ……）

しげしげと茶碗を見つめる幸太。クリスが小突いてくる。

「茶碗一つで驚いてる場合じゃないわ。北大路さんの作った大皿は落札価格、百万を下らないのよ」

「ひゃくっ⁉」

驚いた幸太にクリスは指で示す。テーブルの上にある大皿を。

「まっ、まさか、その皿も……⁉」

「そうだよ。今日のごはんは全部、わたしの作ったお皿に載せたんだ。器がいいと料理も美味しく感じるでしょ」

幸太は卒倒しそうになった。

「バカ高い器にモヤシとかイワシとか入れてんじゃねえ……！」

「コーくん、わたし、コーくんのラーメンどんぶりを作るために陶芸家になったんだよ？　お皿の値段とか気にしなくていいんだよ？」

「気にするわ！　なんで一杯五百円のラーメンが十万のどんぶりに入ってるんだよ。絶対おかしいだろ！」

ラーメン屋なのに、売りがラーメンじゃなくて器になりかねない。むしろラーメンを入れないでどんぶりの鑑賞料を取ったほうがいい。

はあ、と幸太は席を立った。茶碗や皿を慎重にシンクに運ぶ。

「皿洗うから、持って帰ってくれ。親父にもどんぶり返すよう言っとくわ。まさかそんな値段がつくとは親父も知らなかったんだろ」

「ヤだよ、重いから」

「おまえが持ってきたんだろ……じゃあ、住所教えてくれ。宅配便で送る」

「コーくん、いきなりわたしの実家に挨拶に来られても困るよ。お父さんとお母さんに日程、相談しなきゃ」

「聞こえなかったか？　俺は宅配便で送ると言ったんだが」

「わたし自身はケッコン焦ってないからね。もしコーくんが大学とか行くなら、ケッコンはその後でもいいよ？」

「おまえ俺の話、聞いてないだろ。いつ誰がそんな話をしたんだよ！」

ついガシャガシャと乱雑に皿を洗いそうになって、幸太は慌てて丁寧な動作に戻した。高価な皿を割ったら目も当てられない。

「コーくんにとってもそのほうが都合いいでしょ？　だって今はクリスちゃんと付き合ってるんだし」

ジャーと水の出る音がしていた。

幸太は皿洗いしていた手を止め、振り向く。

「……は？」

怪訝な顔の幸太と、瞬きをしているクリス。

幸太たちの反応を見て、二愛は「あれ？」と首を傾げた。

「二人って付き合ってるんじゃないの？」

「いや、付き合っては——」

「いいのよ、わたしとコータが付き合っているという認識で何も問題ないわ。だって、近い将来そうなるかもしれないんだから」

「おいクリス、これ以上話をややこしくしないでくれ！」

「ふうん、そうだったんだ。ウケるー」

二愛は歯を見せて笑った。

「コーくんが親のいないときに女子を家に連れ込んできたから、てっきりそういう関係かと思っちゃった」

「ばっ……！」と幸太は赤面する。チラ、とクリスを見ると、彼女は顔を背けていた。その横顔が仄かに赤い。

「そっかあ、クリスちゃんの片想いかあ。ごめんね、クリスちゃん。せっかくコーくんの家に来たのに、わたしがいるせいでコーくんといろんなことできなかったよね」

「――黙りなさい、鬱陶しい蝿が」

凄みのある低い声。

ガタ、と席を立ったクリスは二愛の正面に立つ。

「挑発的な発言ね。それはわたしへの宣戦布告と取っていいのかしら？」

「何を争うの？　クリスちゃんとわたしで何か争うことあるかな？」

「愚問ね。あなたもコータが好きなんでしょう？　わたしたちが争う理由としては十分だと思うけど」

「でも、わたしは許嫁だよ？」

クリスが言葉に詰まった。

「コーくんと将来、ケッコンするのはわたし。それは確定した未来だけど、今はまだお互い高校生じゃない。わたしとケッコンする前にコーくんが誰かと付き合っても、わたしは気にしないよ？」

「……あなた、それでよくコータを好きだなんて――」

「わたし、経験って大事だと思うんだ」

二愛は唇に指をつける。

「カノジョがいない人より、カノジョがいる人のほうがカッコいいこと多くない？　言い寄ってくる女子がいっぱいいれば、それはその人に魅力があるってことだよね？　違う？」

そういう見方もできるだろう。

魅力があるから恋人がいるしモテる。恋人がいるのは、その人に魅力があることの裏付けともいえる。

「だからこの前、学校でコーくんが可愛い女子二人に挟まれてるのを見て、わたし嬉しくなっちゃった」

幸太に視線を移した二愛はうっとりと目を細める。

「わたしの未来の旦那様はこんなに魅力的なんだって」

ぎり、とクリスが唇を噛み締めた。握り込んだ両手はブルブルと震えている。

「……わ、わたしが当て馬だって言うの？　コータがわたしと付き合うのは、ただの経験……あなたとの結婚の前座にすぎないと……!?」

怒りのオーラを纏うクリスに、二愛は悪びれず微笑んだ。

「うん」

「…………世界のクリスティーナ・ウエストウッドをここまでコケにしてくれたのはあなたが初めてよ、北大路二愛」

「わあ、やったあ」

くるりと回った二愛はカバンを取る。

「じゃあね、コーくん。わたしはどんぶりを作るために帰るね」

「お、おい、皿！　皿持ってけよ！」

「コーくん、クリスちゃんの想いに応えてあげてもいいんだよ？　わたしは別に怒ったりしないよ」

言いたいことだけ言って二愛は幸太の家を出て行った。

後に残されたのは、分不相応な皿と、憤怒に全身を燃やしているクリス。

「あー腹立つううっ！　なんなのあの子⁉　許嫁だからって調子乗ってんじゃないわよ。今に見てなさいよねーっ！」

クリスの咆哮が幸太の耳をつんざいた。

「ひとまず二愛の件は置いておこう」と幸太は言った。

テーブルを挟んだ向かいには、頬を膨らませたクリスがいる。彼女はまだプリプリと腹を立てていた。

「ケッコンは急いでないと二愛は言っていた。つまり俺たちが焦ることはない。しばらくしたら二愛も心変わりしてたりして」

「楽観的すぎるわ、コータ。五歳のときにした約束を今の今まで憶えててコータに固執している女が、そう簡単に心変わりするかしら？」

うっ、と幸太は詰まった。

「コータも北大路さんには婚約解消を言い出せないみたいだしー」

「あ、あの状況でおまえ言えるか……？　婚約はなしって言った瞬間、俺の命までなくなりそうな雰囲気だっただろ⁉」

「ま、物騒な感じはしたけどね」

「ヤバいって。もーヤバい。だって二愛の話が本当なら、あいつは俺との約束を守るために十年間陶芸家として修業してきたんだろ？　今さらあのときの約束は本気じゃなかったなんて——」

他人の人生をバカにしている。

幸太が二愛の立場なら、そう思うだろう。二愛の十年はどうやっても取り返せない。幼い幸太が無責任な約束をしたことで、二愛の人生を振り回したのだ。

「はああ、本格的に頭が痛くなってきた。十年前に戻って、自分に説教したい……」

「現実逃避するほどコータが追い詰められているのはわかったわ。北大路さんの事情を考えるのはいいけど、コータ、まさか自分の信念を忘れたわけじゃないでしょう？」

「俺の信念……？」

「コータは誰と結婚するつもりなのかしら？」

「誰とって——俺は好きな人としか結婚しない！」

「わかってるじゃない。それが信念でしょ」

クリスは頬杖（ほおづえ）をついて微笑（ほほえ）む。

「その信念を前にしたら、あらゆる約束が意味をなさないのよ。好きな人と結婚したいから、わたしとの婚約をコータは解消しようとしたでしょう？」

十年前の約束、という意味ではクリスとの婚約も二愛（にあ）との婚約も変わりはない。

「それともわたしがコータと婚約したことで十年間日本語を勉強したんだけど、と言ったら、コータはわたしとの婚約を受け入れたのかしら？」

「……そうはならなかっただろうな」

でしょ、とクリスは肩を竦（すく）める。

「だからわたしの質問は一つよ。コータは北大路（きたおおじ）さんが好きなの？」

「いやいや……」

幸太（こうた）はため息とともに吐き出した。

「だって、ほとんど初対面だぞ？　五歳のときと今じゃ顔も性格も全然違うし。昔は一緒に遊んだかもしれないけど、だからといって今、気が合う保証はないし」

恋愛感情を抱くには情報量が少なすぎる。

二愛（にあ）の健康的な容姿は間違いなく可愛（かわい）い部類で、料理が上手なのも今回わかった。けれど、それだけで好きになるほど幸太は惚れっぽくない。

「それを聞いて安心したわ」

「安心？」

「あのクレイジーガールは後回しね。彼女との婚約解消方法は後で考えましょ」

「そうだな」

「今考えるべきは、東城さんとの婚約解消よ」

「ああ……」

「何よ、その煮え切らない返事」

「……氷雨のことを考えたくない……もう思い出したくもないし、できるなら勝手に婚約解消していてほしい……！」

「都合のいい話ね」

　クリスは腕を組んだ。

「コータ、作戦を練る前に、一つはっきりさせておくことがあるわ」

　彼女の真面目な表情に、幸太もごくりと唾を飲み込む。

「コータはもう東城さんに未練はないのね？」

　未練。

　固まった幸太に、クリスは顔を寄せる。

「婚約解消するってことは、東城さんへの恋心は綺麗さっぱりない。そういうことでいいのよね？」

「――」

ベランダのほうから海鳥の鳴く声がしていた。

夕暮れの部屋には二人分の濃い影が落ちている。口を開く気配がない幸太を見て、クリスは切なげに目を細めた。

「……そんなことだろうと思ったわ」

クリスは言いあぐねる。まるでその言葉を口にするのを恐れるように。

「だって、コータはまだ東城さんを――」

「わからないんだ！　自分の気持ちなのに、俺にもわからない……。氷雨を見るとまだドキッとするけど――」

「やっぱり好きなんじゃない」

クリスは口を尖らせていた。

「ねえコータ、よく考えてちょうだい。もしコータがまだ東城さんを好きなら、婚約を解消する前に――」

「クリス、教えてほしい。俺は本当に氷雨をまだ好きなのか？」

「――」

「おまえは俺のことをお見通しなんだろ？　俺が氷雨に抱いている気持ちは本当に『好き』なのか？」

こんなのクリスに訊くことじゃないのはわかっている。それでも幸太は同盟者に訊かずにはいられなかった。

「辛いんだよっ……！　氷雨と顔を合わせるのも、氷雨と話すのも。……以前はこんなことなかったんだ。氷雨と一緒の教室にいるだけで心が浮き立ったし、氷雨を好きだと自信を持って言えた。でも今は――」

氷雨が視界に入るだけで苦しい。目が合えば心臓を針で刺された感じがするし、言葉を交わさないといけないときは気が滅入る。同じクラスなのも、同じ委員会なのも、今は幸太の心を痛めつける要素でしかない。

こんなありとあらゆる苦さを詰め込んだ感情が「好き」だなんて、幸太には到底思えない。

「……そう。無自覚ってわけね」とクリスは目を落とした。

「自分の気持ちを自覚できるなら、おまえに訊いてない」

クリスは沈んだ表情のまま首を振る。

幸太は同盟者を見つめていた。真剣に答えを待つ幸太に、クリスは口を開く。

「コータが辛い原因はわかっているわ。だって、コータは東城さんに裏切られたんだもの」

裏切られた。

　予想もしない言葉が出てきて幸太は詰まる。

「コータは東城さんと両想いだと思っていたんでしょう？　恋人なんだから両想いの状態が当たり前よね。でも、東城さんはコータを好きじゃなかった。婚約者という事情で付き合っていただけ。彼女はコータの気持ちを裏切ったのよ。だからコータは辛いわけ」

「裏切られたから、こんな苦しいのか……」

「勘違いしないように言っておくけど、東城さんが悪いって話じゃないわ。東城さんは悪意をもってコータを裏切ったんじゃないもの。彼女はコータも婚約を知ってると思っていたわけだし、お互い惰性で付き合っているつもりだったんじゃない？」

　惰性で付き合えるかよ、と言いかけたが、幸太は言葉を飲み込んだ。それを言う相手はクリスじゃない。

（それって、俺の気持ちも氷雨に伝わっていなかったってことだよな……）

　一世一代の告白をしたつもりだった。だけど氷雨は「婚約者だから」幸太が付き合おうとしていると勘違いしてしまった。そう勘違いさせたのは間違いなく幸太なのだ。

　もし自分が本気で「好き」を氷雨に伝えられていたなら、違った展開になっていたのだろうか――？

「ああああもうわからん！　俺はどこで間違った？　何が悪いんだ？　どうしてこんなことになったんだ……！」

「——悪いのは決まっているじゃない。『婚約』よ」

その台詞はすっと幸太の胸に入ってきた。

婚約が悪い。

言われてみれば、すべての発端は婚約だ。クリスとの婚約、氷雨との婚約、二愛との婚約。いずれも幸太に爆弾のように投げつけられ、幸太はその度に多大なダメージを負ってきた。幸太の悩みは、全部、婚約が原因なのだ。

「コータも東城さんも悪くないのよ。二人が婚約者だったから、東城さんはコータの告白をOKして、コータは勘違いした。『婚約』がなければ、そもそもコータたちはすれ違わずに済んだのよ」

「そうだ！」と幸太は勢いよく立ち上がった。

「諸悪の根源は婚約だ！　婚約さえなければ、こんなことにはならなかった。俺も勘違いしなかったし、氷雨も俺と無理に付き合うこともなかった……！」

「そう、すべて『婚約』が悪いの。だからわたしたちがやることは決まっているわ」

幸太とクリスの視線が絡む。

それは同盟者たちの信頼に満ちた眼差しだ。

「まずは婚約解消だ」

「そうね。元凶の婚約を解消しないと、コータの悩みは解決しないわ」

よーし、と幸太は伸びをした。

やるべきことがわかって、心を覆っていた靄が少し晴れた気がした。

「そうと決まったら作戦会議だな！　あ、ちょっと待っててくれ、お茶淹れ直すから」

幸太はキッチンに向かう。

その背を見つめ、クリスはひっそりと呟いた。


「――コータが気持ちを自覚する前に、片を付けないと」


「これより第二回、婚約同盟作戦会議を始める！」

二人分のお茶を用意した幸太はダイニングテーブルで口火を切った。

「今回の婚約解消作戦について、アイデアがある人は挙げてもらいたい」

「つまり、コータはノーアイデアってわけね」

フーとお茶を吹いて冷ましたクリスは湯呑みに口をつける。

「身も蓋もないことを言わないでくれ……」

「ふふ、コータに頼られるの、わたし、嫌いじゃないわよ」

悪戯っぽく笑い、クリスは筆記用具を出した。

「じゃあまず、今わかっていることから。婚約を決めたのはコータのお母さんと東城さんのお母さん、それで合ってる？」

「ああ」

「それでその婚約を条件に、東城さんの母方のおじいさんが所有する店舗を格安で貸してもらってる、と」

メモ帳に簡単な図を書き、クリスはちょっと考えた。

「この場合、説得するのは東城さんの親だけね」

「そうだな。うちの母親はいないし」

「東城さんの親に働きかけたいなら、やっぱり東城さんを使うしかないわ」

「使う、とは……？」

「東城さんのほうからコータとの婚約は嫌だと親に訴えてもらうのよ」

「……うちの親父は俺がクリスと結婚しないと言っても、全然聞いてくれなかったけどなあ」

「それはコータのパパには海外出店の話があったからでしょ。この条件を見る限り、婚約でメリットがあるのはコータのほうだけじゃない。東城さん側に婚約を続けるメリットはないのよ」

確かに、と思ってしまった。幸太は首を捻る。

「なんでこんな一方的な条件になってるんだ……？」

「それだけコータのお母さんと東城さんのお母さんが仲良しだったのかもしれないわ。でも、もうコータのお母さんもいない。東城さんがコータとの婚約は嫌だと親に泣きつけば、案外呆気なく婚約は解消になるんじゃないかしら」

なるほど、と幸太は手を打った。

「で、どうやって氷雨に婚約は嫌だと思ってもらうんだ？」

「……コータはどんな婚約者ならイヤ？」

「んーそうだな。いきなり訊かれても……」

「わたしは他の女とイチャついてる婚約者はイヤだわ。わたしにだけ冷たいのもイヤ。婚約者なのにわたしを見てくれないのもイヤ」

「そりゃそうだ」

「なら、作戦はそれで決まりね」

んん⁉　と幸太は妙な声を出した。

メモ帳に書き込もうとしているクリスを止める。

「ま、待ってくれ！　俺は何をするって……？」

「東城さん以外の女子とイチャついて、東城さんに冷たくして、東城さんを見ないようにするのよ」

「そんなことできるわけないだろ？」

　女子とイチャついたことなんてない。そもそも何をすればイチャついたことになるのか。その定義すら幸太にはわからない。後の二つに至っては、まるで意地悪をしているみたいだ。幸太の良心的にアウトである。

「言い方が極端だったわね。まず東城さん以外の女子とイチャつくだけど、実質コータが何かアクションを起こすことはないわ。同盟者のわたしが教室でコータに絡むだけだから」

　ふふふ、とクリスは上機嫌に笑っている。

「……おまえ嬉しそうだな」

「クラスでわたしがコータに構えば、絶対に東城さんの目に入るわ。コータとわたしが親密そうにしていたら、婚約者としてはモヤるわよね」

　クリスから来てくれるなら幸太もイチャつけるかもしれない。何をするのかさっぱりわからないが。

「東城さんに冷たくするといっても、冷淡な態度を取るわけじゃないわ。東城さんとできるだけ距離を置くの。彼女は自分からコータに話しかけるタイプじゃないでしょ。コータが積極的に関わろうとしなければ、自然と距離は開くわ」

「プロポーズしようとしたときと逆だな。氷雨との接点を減らすのか」

　接点を増やして仲良くなったのだから、逆をすれば必然的に疎遠になるだろう。

「今回の作戦は前回よりハードルが低いな。仲良くなるほうがよっぽど難しい」

「最後にもう一つ。東城さんに気のある素振り見せちゃダメよ」

「気のある素振り？」

「コータが東城さんをまだ好きって向こうが思ったら、婚約解消しなくてもいいことになるでしょ」

「それはそうだが、気のある素振り？　いつ俺がそんな素振りをしたんだ？」

クリスが大仰にため息をついた。

「……見すぎなのよ」

「見すぎ？」

「教室で東城さんを目で追ってるでしょ。授業中も休み時間も何度、東城さんを見れば気が済むのよ」

クリスは不満そうに腕を組んでいる。

幸太は首を傾げた。

「そう、なのか……？　特に氷雨を見ていたつもりはないんだが……」

「ああもう、いいわ」とクリスは苛立たしげに言った。

「とにかく、コータが東城さんに構わなければ、東城さんもこの婚約が本人たちの意思を無視したもので、幸せな未来なんかやって来ないって気付くでしょ」

「その通りだ！」

今回も完璧な作戦である。やはりクリスは頼りになる。彼女が同盟者でよかったと幸太はしみじみと思い――

『本当はコータが好きだったの』

不意に彼女の泣き顔が甦ってしまった。

「……クリス」

メモ帳に作戦を書いていた金髪の少女が顔を上げる。

「すまん。告白の返事、まだ保留でもいいか……？」

けれど、クリスだっていい加減な返事が聞きたいわけじゃないだろう、と思う。

身勝手なお願いなのは百も承知だ。

「俺は今、目の前に降ってきた婚約で手一杯なんだ。好きな子と結婚したい、と言っておきながら、好きな子がわからなくなってる。婚約が片付いたら必ず答えを出すから――」

ペンの尻が幸太の唇を突いた。

「わたし待ってるからへーキ。恋するまで十五年待ったんだもの」

クリスは再びメモ帳に目を落とす。

薄暗い室内にはペン先が当たる音が静かに響いていた。幸太は言葉もなく、彼女の長い睫毛に見入る。

「明日からこの作戦でいくわよ。名付けて、東城さんと距離を置こう作戦ね」

作戦を書き終えたクリスは席を立った。冷蔵庫へ向かう。メモ帳を貼るつもりらしい。

「これをちゃんと読むこと！　コータも今日みたいに掃除の間中、東城さんにくっ付いてちゃダメよ」

「あ、あれは氷雨がついてきたんだよ……！　俺は一人で行こうとしたのに」

「そうかしら？　わたしにはコータから話しかけているように見えたけれど」

「仕方ないだろ！　氷雨が重いものを一人で持とうとするから——」

「ほら、東城さんを見てるじゃない」

幸太は首を振った。

「……たまたまだって」

「だといいんだけど」

「俺は事務的に話しかけただけだよ。ついてきたのはむしろ、氷雨のほうで……一体、何を考えてるんだろうな」

ふと洩れた。

幸太は氷雨に対して苦い気持ちがあるし、気まずい。

氷雨のほうはどうなのだろうか？　氷雨は幸太を好きじゃなかったのだから、別れたところで何とも思っていないだろう。だけど、彼女は婚約解消には乗り気ではなさそうだった。

意味がわからない。

氷雨が幸太と婚約するメリットは何もない。それなのに何故、彼女は婚約解消に首を縦に振らないのか――。

「クリス、おまえは表情を見れば思考が読めるんだろ？　氷雨が何を考えているか、おまえならわかるんじゃないか？」

冷蔵庫を向いたまま、クリスはペンを唇に当てた。

「――さあ？　東城さんの考えてることはわからないわね」

常盤中央高校には完全無欠な女子生徒がいる。

定期試験では常に一位、大和撫子のように淑やかで物静かな佇まい、街を歩けば誰もが振り返る美貌とスタイル。

美しすぎる彼女を前に、今日も新たな犠牲者が生まれた。

「東城さん、初めて見たときから好きでした。付き合って――」

「お断りします」

校門脇。下校しようとしていた氷雨に、一人の男子が追い縋っていた。

もっと告白する場所はあるはずだが、いかんせん、雰囲気のよい場所に呼び出しても氷雨は来ないのだ。なので、告白する男子は氷雨の通り道で待ち伏せするしかない。

告白の言葉すら最後まで言わせてもらえない。

氷雨の纏う冷たい空気に怯んだものの、男子は食い下がる。ここでめげてしまっては彼の想いはどこへ行けばいいのか。

「少しだけ考えてもらってもいいですか……？　俺、東城さんに相応しい男になるつもりなんで——」

氷雨の目が初めて男子に向く。

だが、その眼差しは南極の氷より冷えきったものだった。

「わたしに相応しい人はあなたではありません」

そら恐ろしいほどの無表情で、一切の温度が感じられない声で、告げた氷雨は凜と歩く。

玉砕した男子は完全に凍りついていた。彼女の艶やかな黒髪を呆然と見送る。

「……さすが東城さん……なんてクールで麗しいんだ……」

ダイイングメッセージのように呟いた男子は、がっくりと膝をついた。

東城氷雨は全校男子の憧れであり、高嶺の花である。

——が、それは彼女の外面でしかない。

（うううう、今日も幸太くんカッコよかったです……。掃除の時間にわたしが重いものを持ったらすぐに駆けつけてくれました。幸太くんはわたしのことを見てくれていたのでしょうか……？　いいえ、そんなはずはありません。幸太くんはきっと誰に対しても手を差し伸べる優しい人なのです。とにかくおかげで、今日は一週間ぶりに幸太くんと言葉を交わすことができました。好きな人と会話ができるのは、なんと幸せなことでしょうか……）

ぽわぽわと氷雨は幸太のことを考えながら、帰路に就いた。

自宅のリビングでおやつの砂糖菓子の箱を出していると、

「おかえり、ひーたん」

氷雨の兄、晴人が顔を出した。

いかにも大学生活をエンジョイしてそうな好青年だ。ニコニコしている兄の顔を一瞥し、氷雨は無表情に返した。

「……ただいまです」

「学校でなんかいいことでもあった？　口元緩んでるけど」

ぱっと氷雨は手で口を隠した。

他人が見ても、氷雨の口の緩みには決して気付かないだろう。氷雨の表情の微細な変化を見て取れるのは家族だけなのだ。

「何があったか俺が当ててみせようか」

晴人はリビングで氷雨の向かいに座る。

「ずばり、幸太くんとよりを戻した！」

「………………そうだったらどれほどよかったでしょう……」

ずーん、と落ち込む氷雨。

「え、違うの!? じゃあ、いいことって何？」

「……幸太くんと一週間ぶりに会話をしたのです」

「それ、だけ……？」

「それだけとは何ですか？ あの一件以来、幸太くんはわたしに声もかけてくれないのです」

頭を下げた幸太の姿が氷雨の脳裏に浮かぶ。

俺と別れてください、という声も。

「幸太くんと会話ができただけ、よいではありませんか」

「はあ。ひーたんがそれで満足できるなら、いいんだけどさ……」

氷雨は唇を噛み締めた。

満足できるはずがない。

幸太と毎日話したいし、放課後は手を繋いで一緒に帰りたい。また恋人同士に戻って、休日はデートに行きたい。

付き合う前なら、幸太が交際に積極的でないままだったら、こんなことは望まなかった。

でも、一度蓋を開けて味わってしまった甘い蜜は、もう我慢できない。

「……どうして幸太くん……やはりわたしといるのが嫌だから、なのでしょうね。わたしが許嫁とわかった瞬間に別れようだなんて……」

「でもさ、幸太くんが婚約を知らなかったってことは、婚約してるから仕方なくひーたんと付き合ってたんじゃなかったんだろう？」

氷雨はずっとそう思っていたのだ。

五歳のときに決まった婚約者。それは氷雨自身が望んだからそうなったのだ。

幸太との婚約を当然、氷雨はすごく喜んだ。でも、幸太のほうはどう思っているのか。氷雨はずっと不安を抱いていた。

高校で幸太から交際を申し込まれたとき、彼が結婚前に親交を深めたいのだと思った。婚約しているんだから、お互い将来の相手は決まっている。結婚するんだから今から相手をよく知っておいたほうがいい。きっと幸太はそう考えたのだろうと思った。

だから付き合って二か月、デートに誘われなくても不満はなかった。

幸太が自分を好きで付き合ってくれたのではないとわかっている。彼が段階を踏んで歩み寄ろうとしてくれるだけで十分、嬉しかった。

そうだったのだが——

「幸太くんが本当にわたしを……す……す……好きに、なってくれてたなんて……」

氷雨の顔が真っ赤に染まる。

夢みたいだと思う。こんな幸せがあるだろうか。

地球の人口は七十八億人。その中で両想いになれる確率は限りなく低い。両想いはまさしく奇跡なのだ。

「ひーたんは自分を過小評価しすぎなんだよ。俺の目から見ても、ひーたんはどの女の子よりも魅力的だよ」

「成人済みなのにＪＫの妹をそんな目で見ているんですか。キモいです」

「やめて！　いきなり外での対応になるのやめて！」

妹の氷のような視線を晴人は手でガードする。

「でも、ほんとだよ。俺ひーたんの写真を男友達に見せると、百パー紹介してって言われるから」

「妹の写真を持ち歩き、あまつさえ他人に見せているんですか。キモいです」

「スマホに一枚くらい家族の写真入ってるよね⁉」

「そういうことにしておきましょう」

氷雨はふいと視線を外した。

「くれぐれもわたしに紹介はいりませんから。下心のある輩を連れてきたときは覚悟してください」

「何の覚悟⁉」

「二度とわたしと口が聞けない覚悟です」

うへぇ～と晴人は大袈裟に顔をしかめる。

「わかってるよ。俺が紹介したことなんて一度もないでしょ？　幸太くんもひーたんは自慢のカノジョだったと思うんだけどねぇ」

さっと氷雨の顔が青くなった。箱から出した砂糖菓子を手でいじる。

「そんなこと絶対にダメです。あってはなりません」

「何がダメなの？」

「幸太くんとわたしの交際が、学校のみんなに知れたら……」

「知れたら？」

晴人に促され、氷雨は声を絞り出す。

「幸太くんまでわたしと同じヘンな人だと思われてしまいます……！」

それは氷雨が最も恐れることだった。

天才であるが故の疎外感。氷雨は幼少期から、学校という集団生活の中で嫌と言うほどそれを味わってきている。自分一人が除け者にされるだけなら、もう慣れた。だけど、自分と付き合うことで大好きな幸太まで変人扱いされるのは耐えられない。

幸太と付き合っているとき、氷雨がそれを頑なに秘密にしていたのは、そういう理由があったのだ。

「ヘンな人、ねえ……。今、ひーたんをそう言う人いる？　ひーたんは昔のことを引きずりすぎだよ」

「今言う人はいませんが、皆、心の中では思っているのでしょう。幸太くんとの関係は絶対に知られないようにしなければなりません。幸太くんに迷惑がかかります」

「被害妄想だと思うけどなあ……」

「……では何故、幸太くんはわたしに別れようと言ったのですか？」

デートのとき幸太は氷雨をヘンじゃないと言ってくれた。

でも、それはきっと彼の優しさでしかなかったんだろうと思う。

本当にヘンじゃないと思ってるなら、どうして別れようなんて言うのか。氷雨には自分がフラれた理由はそれしか思い当たらない。

（わたしがヘンな子だから、なんですよね……？　せっかく幸太くんがわたしを好きになってくれたのに、わたしがヘンな子だから、付き合っているうちに幸太くんもやっぱり違うと思ってしまったんですよね……）

幸太は「別れてほしい」と言った後、交際を強要したとか何とか言っていた。彼の言葉はよく理解できなかった。彼が何でもいいから別れる理由を付けたかったのか、それともただ自分の思考が追いつかなかっただけなのか、判別はつかない。

幸太にフラれた時点で、氷雨は真っ暗な闇に突き落とされたように思考力を失っていたのだから。

「……わたしといるとき、幸太くんは優しいので嫌な顔一つしませんでした。でも心の中では付き合いきれないと思っていたのでしょう」

「悪いほうに考えすぎだよ、ひーたん。幸太くんがそう言ったわけじゃないんだろう？」

「では何故、幸太くんはわたしと別れたのですか⁉　しかも婚約解消しようとまで。付き合ってみて、わたしと結婚したくないと思ったから、幸太くんは……！」

ボロ、と大粒の涙が零れた。

俯くと、パタパタと水滴がいくつもテーブルに落ちる。

「イヤです……わたしはずっと幸太くんのことが……す……す、き……だったのに。この気持ちは絶対に誰にも負けないのに……！」

いきなり現れて幸太と一時期同居していたクリス。

十年前、幸太本人と結婚の約束をしたと言い張る二愛。

負けるはずがない。この想いが誰かに負けるなんてありえない。

幸太を一番好きなのは自分だと、自分の恋心は二人より強いと断言できる。

「だったらひーたん、どうして幸太くんが別れたのか、ちゃんと聞き出さなきゃ」

「聞き出す……？」

「だって、実際、幸太くんがひーたんの何を気に入らなかったのか、ひーたんはわかってないんでしょ？」

「ですから、それはやはり――」

「憶測でしょ。ひーたんが言っているのは」

晴人は砂糖菓子を口に放り込む。

「何が原因でひーたんと恋人関係を解消したのか、婚約解消したいのか、正確に突き止めないと。じゃないと、ひーたんも改善できないでしょ」

俯いた氷雨は、豊かな胸を両手で押さえる。

「改善、できるのでしょうか……？　わたしがヘンなのはどうしようも――」

「じゃあさ、幸太くんのことは諦めるの？」

「――」

晴人はガリガリと砂糖菓子を齧りながら言う。

「それも一つの選択だと思うよ。幸太くんは婚約を解消したがっているわけだし、ひーたんと恋人に戻るつもりもないんだろう？　だったら、ひーたんも幸太くんを忘れて新しい恋を見つけたほうが――」

ダン、と氷雨は両手をついて立ち上がっていた。

テーブルの上にある砂糖菓子の箱が跳ねる。

広いリビングは一瞬にして吹雪にまみれていた。無言の怒気を放つ氷雨にも、晴人は動じない。薄く笑って問う。

「ひーたん言ってたよね。何のために高校に入ったんだっけ？」

常盤中央高校は中堅の県立高校だ。

取り立てて特徴もなく、学力も真ん中の生徒しかいない。

ハーバード大を飛び級で卒業した氷雨がわざわざ常盤中央高校に入った理由は――

「――幸太くんと高校でラブコメをするためです！」

力強く氷雨は断言していた。

（そうです。これでは何のために彼と同じ高校に入ったのかわかりません。幸太くんと恋愛して、恋人になって、彼とラブラブな甘い高校生活を送るのがわたしの目標だったではありませんか……！）

それは一時的に達成されていた。

幸太が好きになってくれた。

幸太に告白され、恋人になった。

だけど、幸せな日々は長くは続かなかった。

（まだ高一です……諦めるには早すぎます。幸太くんはわたしのヒーローなのです。絶対に誰にも譲りません。幸太くんがわたしに愛想を尽かした原因を突き止めて解決するのです。そして、また幸太くんと恋人同士に――）

微かに綻んだ氷雨の口元を見て、晴人は安心したように微笑んだ。

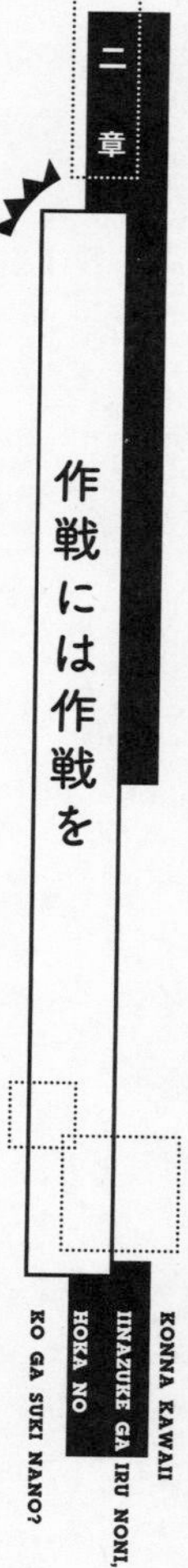

二章　作戦には作戦を

休み時間。

雑然とした教室で、幸太はポケットティッシュにチラシを挟む内職をしていた。こういう単純作業は無心でできるからよい。当初はデート代を捻出するためにやっていたバイトだが、今では小遣い＋家計の足しで継続していた。

ふと目を上げると、読書中の氷雨が見える。

彼女はいつも通り、窓際の自席で一人、難解な本を読んでいた。ピン、と伸びた姿勢で本のページを繰る様はひどく似合っている。まるで彼女の周りだけ清らかな空気が流れているみたいだ――と考え、深いため息が出た。

クリスの言う通りだ。

氷雨を見るのがほとんど習慣化されていて、知らず知らずのうちに目を遣ってしまう。いくら彼女を見たって苦しいだけなのに。

キャハハ、と甲高い笑い声が幸太のすぐ横から聞こえてきた。

視線を向けるまでもない。隣の席のクリスである。

いつも一人でいる氷雨とは対照的に、クリスは大概、クラスメートに囲まれている。

賑やかを通り越して騒がしい隣に閉口していると、

「そうだ。わたし、古文の宿題終わってないんだ」

唐突にクリスが声を上げた。

ひらりとクラスメートの輪を抜けたクリスは、後ろから幸太に抱きつく。

「コ～タ～、古文の宿題見せてよ」

「――っ⁉」

いきなりのことに幸太は全身を強張らせた。

後頭部が柔らかい感触に埋まっている。クリスの両腕は幸太の前へ回され、彼の動きをしっかりと封じていた。

幸太にくっ付き、クリスは甘えるように言う。

「ね、いいでしょ？」

「…………いや、おまえ……」

当たってるから、と言いかけたとき、クリスが幸太にだけ聞こえる声で囁く。

「――忘れちゃったの、作戦？」

作戦。

幸太が他の女子とイチャついて、氷雨に婚約解消したいと思わせる作戦だ。忘れてはいない。

（そうか、これはあくまで作戦。同盟者としてクリスは身体を張っているだけだと……本当

か？　本当に下心は微塵もないのか⁉）

クリスの好意を幸太はもう知っている。同盟者なのを理由にクリスが過剰にイチャついてきているように思える。

クリスが囁いた。

「……別にいいじゃない、作戦と下心が一緒なら。コータ、前にわたしに『おまえだけ我慢するな』って言ったわよね？」

言った。婚約解消同盟を再結成するとき、幸太は確かにそう言った。

（だからって、この距離は近すぎるぞ！）

嫌でもクリスの柔らかさをダイレクトに感じてしまう。首を指先で撫でられ、幸太の背にぞくりと快感が走った。

「えーっと、クリスちゃんと豪山寺くんって……？」

近くのクラスメートが幸太たちに注目していた。皆、びっくりしている。クラスの中心で華のあるクリスに、教室ではまず目立たない幸太。組み合わせとしては意外だろう。

クリスは同級生たちに、にっこりと笑った。

「わたし今、コータにアタック中だから」

ざわっと教室が揺れた。

「ク、クリス……⁉　それは……！」

「本当のことだよね、コータ。わたし、嘘言ってないよ」

(ここは嘘をついてでも誤魔化してほしかった――!)

クリスにアタックされているなんて校内に知れ渡ったら大変である。「なんであんな冴えない奴がクリスちゃんに迫られてるんだ?」とヘイトを向けられるかもしれない。

「……えーこんなこと言ったら悪いかもだけど、なんで豪山寺くん……?」

ほら見ろ。早速きた。

質問した女子は顔に「信じられない」と書いてある。

クリスは幸太を後ろから抱き締めたまま言った。

「へへ、それはナイショ。知ったらみんな、コータのこと好きになっちゃうから」

勘弁してくれ、と思った。これじゃクリスにベタ惚れされてるみたいじゃないか! 事実そうなのかもしれないけど!

ふと、窓際から強い視線を感じ、幸太は目を遣る。

「っ……!」

氷雨が本から顔を上げてこっちを見ていた。

顔は無表情だが、視線の圧がヤバい。心臓が凍りつかされそうで、幸太は急いで目を逸らした。

(もう十分だろ。作戦の目的は果たしたわけだし……)

「クリス、古文の宿題だろ。わかったからいい加減離れて――」

幸太はクリスを押し退けるべく、後ろに手を伸ばす。

ふにょん、と手が柔らかいものに当たった。

（ん……？）

後ろを見ずに手を伸ばしたのが仇になった。幸太の手はしっかりクリスの胸部に当たっていて。

クリスの顔が瞬時に赤くなった。

「わ、悪い！　そんなつもりじゃ……」

幸太は慌てて手を放し、席も立つ。クリスと距離を取ろうとしたが、ぎゅっとクリスは幸太の手首を握った。

「クリス……？」

「……別にいいよ、コータだったら」

言葉とともにクリスは幸太の手を引き寄せる。掌はそのままクリスの胸に。

「#$%△&@□～～～～!!」

言葉にならない悲鳴が幸太の口から迸った。

クリスは潤んだ目で幸太を睨み上げる。

「……こ、これくらいでパニックにならないで！　これは作戦の一環なのよ！」

そう囁(ささや)くクリスも恥ずかしいのか顔からもくもくと湯気が出ている。決して彼女も余裕があるわけではないらしい。異性経験がないのは幸太(こうた)もクリスも同じなのだ。

幸太(こうた)は手を引こうとするが、クリスはがっちり手首を捕らえて離さない。

「……もっ、もういいだろ。さっきから氷雨(ひさめ)はこっち見てるぞ！」

「……まだよ。彼女に婚約解消を決断させないといけないんだから」

（なんだ、このカオス！）

目の前には幸太(こうた)の手を誘導して羞恥に赤くなっているクリス。視界の端ではブリザードを纏(まと)った氷雨(ひさめ)がチラついている。

と、

「コーくん、遊びに来ちゃったー」

背中にがしっと誰かが抱きついてきた。

後ろを向くと、二愛(にあ)が幸太(こうた)の背中にくっ付き、えへへと笑っていた。

「なっ、クラス違うくせになんで来るのよ、北大路(きたおおじ)二愛(にあ)！」

クリスが血相を変える。

二愛(にあ)は幸太(こうた)の背から顔を覗(のぞ)かせた。

「あ、クリスちゃんだ。昨日あの後、コーくんとなんかあった？」

「あ、あなたねえ……！」

「何もなかったんだ。ウケるー」

二愛は含み笑いをした後、

「コーくん家、また遊びに来ていいからね。わたしはクリスちゃん歓迎だよ？」

「なんであんたに許可をもらわないといけないのよ――!!」

クリスがブチ切れた。

幸太のシャツにしがみついたクリスは、二愛と顔を突き合わせる。

「忠告するわ。上から目線を今すぐやめることね。じゃなきゃ、恥をかくわよ」

「コーくんのトモダチでしかない人にそんなこと言われてもなあ」

「トモダチ⁉　わたしがコータのトモダチですって⁉」

「え、違うの？　トモダチ以下の知り合いだった？　ウケるー」

（カオスにカオスが重なった……！）

クリスと二愛は幸太の前後にくっ付いて口論している。挟まれて喧嘩される身にもなってほしい。

他の生徒たちは呆気に取られて言葉もないようだ。

ＪＫ陶芸家の北大路二愛がうちの高校に転入してきた、というのは一時期ちょっとした話題になっていた。クリスほどメディアに露出してはいないが、二愛もＳＮＳでは有名人の部類に入る。

なんで有名人の美少女二人が平凡な幸太を取り合っているのか、クラスメートにはさっぱり理解できない。

ピキピキと青筋を立てたクリスは噛みつくように言う。

「引っ込んでなさい、北大路二愛。コータが誰と付き合ってもいいんでしょ？」

「うん。でも引っ込みはしないよ。だって——」

二愛はそこで言葉を区切ると、教室中に聞こえる声で言い放った。

「わたしはコーくんの許嫁だからね」

え、とクラスメートが驚いたとき、

ガタン、と。

窓際で勢いよくイスが倒れた音がした。皆の視線がそちらに向く。

氷雨が起立していた。

教室全体を凍りつかせるほどの威圧感。全身から真っ白い冷気を放った彼女は、ぞくりとするような瞳で幸太たちを見つめていた。

クラスメートはもちろん、クリスや二愛でさえも口を噤んでいる。

氷雨の視線を受けた幸太は硬直していた。

(これはもしや……ここで婚約解消を言い渡されるのか……？)

そういう作戦だったのだから、それでまったく問題ない。クラスメートに氷雨との婚約がバレてしまうが、解消した話ならそこまで大事にならないだろう。

幸太は息を殺して氷雨の言葉を待った。

クラス全員が注視する中、氷雨が口を開く。

「……わ、わたしだって、こぅ……んの、い、いぃ……」

その声量は教室の換気扇といい勝負だった。

ほとんど誰にも聞こえない声を上げ、氷雨は両の拳を握っている。彼女の視線はグルグルしていて、呼吸は激情を抑えるみたいに荒くなっていた。

クラスメートは何か氷雨の機嫌を損ねたのでは、と戦々恐々としている。

氷雨は口を幾度か開閉させ、やがてそれを告げた。

「……な、何でもありません」

すとんと着席する。

クラスメートがほっと安堵の息をつき、クリスが小さく鼻で笑う。二愛はきょとんとしていた。

微妙な空気はチャイムの音と先生の登場で流された。

二愛は「コーくん、現代文の教科書借りるね」と勝手に教科書を奪い、教室を出て行く。クリスも席に戻り、授業はいつも通り始まった。

クリスは隣の幸太にこっそり言う。

「婚約解消まであ、あ、あと少しだったわね。この調子で作戦を続けるわよ」

「コータっ、一緒に帰ろ！」

放課後になるなり、クリスは先手必勝とばかりに幸太の元へやってきた。帰り支度はすっかり終えて、短めのスカートからは今日も長い脚が出ている。

「駅前のクレープ食べに行こうよ」

「クレープ？」と幸太は胡乱げになる。

「俺は甘いもの得意じゃないし、第一、そんなの買う余裕がないのは——」

おまえも知ってるだろ、という言葉は言えなかった。

クリスがジト目で幸太を睨んでくる。

「——作戦。忘れたの？」

「……はいはい」

幸太は横目で窓際を確認した。氷雨は一人で着席したままだ。クリスの声はよく通るため彼女の耳にも入っているはずだった。

「わたし、無料券持ってるんだー。コータにも一枚あげる」

じゃーん、とクリスは券を出す。

「おいクリス。その有効期限、今日までじゃないか」

「そうなの。だから今日使わないともったいないわよ」

「無料なら使うしかないよな」

貧乏性なので無料と言われると、どうしても心が動いてしまう。クリスは笑顔で幸太（こうた）の腕を抱え込んだ。

「はい決定。決まったなら行くわよ」

ぴったりとくっ付いたクリスは半ば強引に幸太（こうた）を押してくる。

「なんでそんなに急いでるんだ……？」

「決まってるじゃない。邪魔者が現れないうちによ」

「えーわたしもクレープ食べたいなあ」

ひょっこりと二愛（にあ）が顔を覗（のぞ）かせた。

クリスの笑顔が消える。幸太（こうた）のもう片方の腕を抱えて、ふふふと笑う二愛（にあ）。クリスは指を突きつけた。

「い、いつの間にそこにいたのよ、北大路（きたおおじ）二愛（にあ）⁉」

「今日までの無料券なら使うしかないよね」

「残念だったわねっ。無料券は二枚しかないのよ。あなたの分はないから帰りなさい」

「別にクレープくらい普通に買うからいいよ」

二愛は幸太の袖を掴んだ。

彼女は上目遣いで、少し照れたように言う。

「コーくんと放課後遊ぶの、幼稚園のとき以来だね。二人とも高校生になったから、なんだか恋人みたいだね」

「あ・の・ね！　わたしがいるの忘れてるんじゃないかしら――⁉」

クリスと二愛にそれぞれ両腕を取られ、幸太は教室の出口へ向かう。

ふと窓際を見た。

氷雨が横目で幸太たちを凝視していた。鋭い視線には殺気にも似た冷たさが宿っている。寒気が走り、幸太は即座に目を逸らした。

クリスがそっと囁いてくる。

「作戦は順調ね」


甘い匂いが漂う駅前のクレープ屋で幸太たち三人はメニューを見ていた。

「わあ、いっぱい種類あって迷うー」

メニュー表を独り占めする勢いで、二愛はキラキラと目を輝かせている。そんなに喜ぶなら一緒に来てよかったなと幸太は思った。

「どれにしよっかなー。定番のチョコバナナ？　ストロベリーカスタードも美味しそうだなー。でもここはあえてキウイチーズケーキ？」

二愛が真剣に悩む傍で、幸太はさっさと決めて注文した。

「抹茶白玉で」

「コーくん、それを選んだ決め手は？」

「食べ応えありそうだったから」

「選び方が男子だ〜」

二愛はケラケラと可笑しそうに笑っている。

その横でクリスも注文した。

「わたしは塩キャラメルバター」

「わー意識高そー」

「意識が高くて何が悪いのかしら？」

ふんっとクリスは鼻を鳴らした。

「あとはあなただけよ。早く注文したら？」

「じゃあじゃあ、わたしはメープル生クリーム！」

三人でクレープを持って、クレープ屋の脇のベンチに移動した。

クリス、幸太、二愛の順で座る。

「わー、焼き立てクレープ美味しぃー」

クレープにかぶりつき、二愛は幸せそうになった。子供みたいに口元や手に生クリームを付けている。食べ方、下手くそか。

「コータ、ちょっと交換しよ」

クリスが自分のクレープを差し出してきた。キャラメルがふわりと香る。

(それは、間接……)

躊躇する幸太に、クリスは口を尖らせた。

「いいでしょ。わたしも抹茶白玉食べたいんだから」

方便にしか聞こえないことを言って、クリスは幸太の手から半ば強引にクレープを取る。抹茶白玉を見つめ、クリスは頬を染めた。

「……これでわたしもついにコータと間接キス……!」

聞こえたけど、聞こえなかったことにした。

クリスが抹茶白玉を食べる横で、幸太も塩キャラメルバターを齧る。

「あ、これうまいな! 塩気がちょうどいい」

「ふふん、だから交換してよかったでしょ?」

「えーわたしもコーくんと交換したいー」

二愛が割り込んできた。

「コーくん、はい、わたしの食べて」

二愛はメープル生クリームを差し出してくる。メープルシロップの甘ったるい匂いに、うっとなった。

思わず身体ごと背けた幸太に、二愛は首を傾げる。

「？　なんでコーくん？　交換なんだし、遠慮しなくていいよ？」

「……いや、交換というか、抹茶白玉がほしければあげるんだが——」

「はっ、選択を誤ったわね、北大路二愛！」

クリスが勝ち誇った声を上げた。

「コータは甘すぎる食べ物は嫌いなのよ。メープル生クリームなんて食べないに決まってるでしょ。ちなみにチョコバナナはギリＯＫ。ストロベリーカスタードは完全アウト。キウイチーズケーキはイケるわね！」

「なんでおまえは俺をそこまで正確に把握してるんだよ……」

いつものことながら恐ろしすぎる。

クリスはわざとらしく肩を竦めた。

「所詮は自称、許嫁ってとこかしら。コータの好みも把握していないなんて許嫁失格——」

ガシャーンという音が響いた。

二愛が道端に茶碗を叩きつけていた。おそらく自作の茶碗だ。持ち歩いているらしい。割れた茶碗を二愛は一心不乱に幾度も踏んづけている。鬼気迫る雰囲気だった。

「「……」」

幸太もクリスも何も言えず、それを見つめる。

茶碗の破片が粉々になったところで二愛は動きを止めた。それからメープル生クリームをクリスに差し出す。

「あげる」

「は……？」

「どーせ、コーくんに合わせて甘いの買わなかっただけなんでしょ」

嘲るように笑う二愛。クリスにクレープを押しつけた二愛は、もう一度店に行ってキウイチーズケーキを買ってくる。

「えへへ、これならいいよね。コーくん交換しよ」

「あ、ああ……」

「ちょっと、いらないものを他人に押しつけて自分はコータと仲良くやるつもり——!?　むぐむぐ、メープル生クリーム、なんて至福の甘さ……！」

クレープを食べ終わったところで、幸太はベンチから立ち上がった。

「じゃあ、俺はバイトがあるから」

「バイト？」と二愛は瞬く。

「コーくん、バイトしてるの？」

「ああ。今日は国道沿いのファミレスで」

「わたしも行くー」

二愛は元気よく立った。

「コーくんが働いてるとこ見に行っちゃお。ファミレス楽しそうだし」

「あのなあ、それは――」

「無理ね。ファミレスでコータは調理担当。店長がこの前腰を痛めてから、この時間、裏方はコータ一人。コータが接客することはないわ」

「だからなんでおまえがそんなことまで知ってるんだよ……！」

内情に詳しすぎる。スパイでも潜入させてんのか。

二愛は口をへの字にしていた。

「なんだー。つまんないの」

「ま、残念だけど、今日はここまでね。コータは二十二時までバイトだし」

「俺のシフトも把握済みか……」

「当たり前でしょ。わたしたちは『同盟者』なんだから」

得意げに微笑むクリス。

「また明日」と手を挙げ、幸太は歩き出す。通りを真っ直ぐ行けばバイト先のファミレスはある。

　クリスと二愛は幸太の背中を見送り、

「同盟者って何？」

　二愛がジロとクリスに目を遣る。

　ふふん、とクリスは笑った。

「まあ、いわば秘密の関係みたいな？　コータとわたし、二人だけの」

「はあ？　秘密の関係とか言ってマウント取ったつもり？　ウケるー。許嫁に勝てるカードなんかないのに」

「知ってるわよ。許嫁がジョーカーだってことくらい」

　苦々しく顔を歪めてクリスは吐き捨てる。

　幸太の姿がファミレスに消えたのを認め、クリスは振り返った。傾きかけた陽を浴びた金髪が翻る。

「とりあえず今日は作戦終了ね」

　遠くの街路樹に影のように張りついて、こっちを注視する長い黒髪の女子生徒。それを視界の端に映し、クリスは口角を持ち上げた。

◆◆◆

(何故わたしは幸太くんに近付けないのでしょう……)

平静な顔で学校の廊下を歩き、氷雨は意気消沈していた。

氷雨の胸中とは裏腹に、朝の校内は活気に満ちている。笑顔で朝の挨拶を交わし合う生徒たち、慌ただしく駆けていく朝練終わりの生徒たち。喧噪に身を置いていると、自分の存在がかき消されていくような錯覚すら覚える。

果てしなく暗い気持ちに沈みそうな自分を氷雨は奮い立たせた。

(こんな弱気ではいけません。わたしは必ずや幸太くんの恋人に返り咲くのです。今日こそは幸太くんと二人きりで話し、わたしと別れた理由を聞き出さなくては——)

思い描くのは幸太とラブラブな甘い高校生活。

決意を固め、氷雨は教室のドアを開けた。

その瞬間、目に入ってきたのは——

「あっ、コータぁっ、そこもっと……！　んんっ、気持ちいぃ……」

クリスの脚をマッサージする幸太だった。

幸太はクリスの脚を膝に載せ、白いふくらはぎを揉んでいる。クリスは頬を上気させ、時折甘い声を洩らしていた。それがマッサージによる快感なのか、別のものによる快感なのか氷雨には判別がつかない。ともかくクリスは短いスカートなのにもかかわらず彼に長い脚を預け、彼をふしだらに誘惑しているのは間違いがなかった。

「……おい、クリス。もうこれ、やめないか……？」

「まだまだあっ。昨日、撮影でいっぱい歩いたんだから」

クリスは甘えた声を上げ、幸太の耳に唇を寄せた。

幸太がふと顔を上げる。彼と目が合いそうになって、氷雨は咄嗟にドアを閉めていた。ふらり、と一歩後退る。

眩暈がしていた。

固めたはずの決意は脆くも崩れ去り、足は勝手にあてもなく廊下を歩き出している。

そのとき、ポニーテールの女子生徒とすれ違った。

はっとしたときには後ろで「コーくん！　あっ、何してるのー？」と無邪気な声が上がっていた。

（何故、何故わたしが逃げるのですか……？）

破廉恥なのは向こうだ。自分が逃げるのは筋違いである。そう思いつつも氷雨の足は止まらなかった。

最近、どういうわけか女狐たちの動きが酷い。休み時間から放課後まで。隙さえあればクリスと二愛は幸太にベタベタベタベタと、とても見ていられたものではない。

（わたしだって幸太くんが好きなのに。許嫁なのに！　何故か、あの二人のようにできません。幸太くんも二人といて満更でもない様子でした。もしかして幸太くんは、あのようなふしだらな女性が好みなのでしょうか……？）

氷雨がわずかに眉を寄せると、すれ違う生徒たちがほう、とため息をつく。「今日もクールだな、東城さん」という囁き声まで聞こえる。

（わたしがクールだから？　ヘンな子だから？　あの二人みたいに幸太くんに近付けません。うううう、このままではダメです。幸太くんの恋人に戻るため、二人きりで話をしなければならないのに――）

「東城さん」

気付けば職員室の前まで来てしまっていたらしい。氷雨を呼び止めたのは担任の先生だった。

「……おはようございます、先生」

「おはよう。ちょうどよかったよ。これ、クラスの掲示板に貼っておいてほしいんだ。お願いできるかな」

担任の先生は氷雨に数枚の紙を渡した。

（これは……！）

氷雨の顔色が変わる。

閃いた。チャンスだ、と思う。上手くいけば幸太と二人きりの時間を作り出せる。

「はい」と返した氷雨は、確かな足取りで歩き出した。

綿密な作戦を練る。千載一遇の機会だ。これを逃すわけにはいかない。

他の生徒がいない場所まで来て、氷雨はスマホを出した。電話をかける。すぐに相手は出てくれた。

『ひーたん？　どうしたの、もう学校でしょ』

「協力してほしいのです。豪山寺ラーメン店の場所を知っていますか？」

いきなりどうしたのだ、と晴人は言わなかった。『いや、調べればわかると思うけど』とタイムラグなく返ってくる。

「今日のお昼前に豪山寺ラーメン店へ行ってください。そして、幸太くんのお父様にこう言ってほしいのです――」

指示を出し、氷雨は通話を切った。

「――ここからはわたしの作戦です」

＊＊＊

放課後。

クリスはいつものように幸太の机にやってきた。

「コータ、今日はカラオケでわたしの歌声を披露してあげるわ。コータも──どうしたの？」

机に突っ伏している幸太にクリスが瞬く。

「マズった……。カラオケに行ってる場合じゃない。マズいことになった……！」

「何があったの？」

「……おまえ、後ろの掲示見てないのか」

幸太は教室の掲示板を指さす。

「この前の期末試験の成績が貼り出されてるだけじゃない。東城さんが全教科満点で学年一位なのはわかりきってるから、見るまでもないでしょ」

「そこじゃない。成績上位者じゃなくて、その下にある追試対象者の欄を見てくれ」

幸太の学校では試験の点数が一定以下の場合、追試を受けることになっている。それで赤点を回避するのだ。

「現代文、古文、数Ⅰ、英語、生物、世界史……え、コータ、ほとんどの教科で追試じゃない」

　クリスがびっくりした目で見てくる。

　そうなのだ。

　幸太は夏休みからひたすらバイトをしてきた。勉強に充てるべき時間もバイトしていたのだから、成績が落ちるのは当然である。

「ふーん、まあ、現代文と古文、生物、世界史が二十点台で、数Iと英語が十点台じゃねえ……」

「だからなんでおまえが俺の点数を知ってるんだよ!?」

「隣の席だと見えるじゃない」

　さも当たり前のようにクリスは言った。

「なんか追試の数が多いから親父にも連絡が行ってるみたいで、今後成績が上がるまでバイトは禁止だと。それから個人塾に通えって」

「個人塾？」

「ああ、なんでも凄腕の塾講師がいて、その人の家に教わりに行けってラインが来てた」

「へえ……失礼かもしれないけど、コータの家、塾に通うおカネあるの？」

「無料らしい」

「何ですって？」

「親父の店に塾の人が来て、留年しそうな生徒ならタダで見てるって言ったらしいんだ」

無料なら行かない選択はないだろう。

幸太だって留年はしたくない。そのためにはちゃんと勉強して、追試で合格点を取らないといけないのだ。

「というわけだ、すまん。作戦のカラオケはパスで」

「じゃあ、わたしもその塾行こっかなー」

え、と幸太は驚いてクリスを見た。

「別にわたしが一緒でも問題ないでしょ。さすがに追試には引っかかってないけど、勉強が得意ってわけでもないし」

クリスは幸太の腕を抱え込んだ。

「コータと一緒だったら塾も楽しいかもしれないわ。行きましょ」

「ああ……」と言いつつ、幸太はチラと窓際を見た。

（あれ？　珍しい、氷雨がもういない……）

クリスといるといつも冷たい目で凝視してくる氷雨だが、今日の彼女の席は空っぽだった。

「えーっと、親父のラインによると、この家らしいんだが……」

幸太はクリスとともに個人塾に来ていた。

目の前にそびえるのは、瓦屋根の付いた頑丈な門。その両脇には高い塀が巡らされている。まるで寺みたいな重厚さが漂う日本家屋だった。

「デカい家だな。確かに凄腕の塾講師が出てきそうだ……」

「うちに比べたら全然小さいわよ。敷地内にゴルフ場はないみたいだし」

「ゴルフ場の有無で家の大小を判断するな。日本中の家が小さいことになるぞ！」

幸太はとりあえずインターホンを押した。名前を告げると、門が重い音を立てて開く。

「お待ちしてました、豪山寺くん」

出てきたのはラフな恰好をした青年だった。

歳は二十歳くらいだろうか。大学生に見える。細身で優しそうな笑顔。……なんというか『凄腕の塾講師』の雰囲気ではない。

「えと、こちらが個人塾を……？」

「はい、合ってますよ。幸太くんですよね？　六教科、追試になっているってお父さんから聞いています。どうぞ、上がってください」

淀みなく言われ、幸太ははあ、と肩を落とした。どうやらここで間違いないらしい。

「……お邪魔します」

「お邪魔しまーす」

幸太に続いてクリスが入ろうとしたときだった。

「そちらの生徒さんはお引き取りください」

彼が素早くクリスの行く手に立ちはだかった。

クリスは青年を睨み上げる。

「どうして？　わたしも授業を受けたいんだけど」

「うちに入れるのは紹介の生徒さんだけなんですよ」

「あー留年危機の生徒だったらタダで見てくれるんでしょ？　わたしはもちろん正規の授業料を払うわ。いくら？」

クリスは財布を出し、分厚い札束を覗かせる。

が、青年は札束にも動じなかった。人好きのする笑顔を浮かべたまま言う。

「おカネの問題ではありません。お引き取りください」

「……は？」

クリスが低い声を出した。

「どういうことよ!?　授業料は払うって言ってるでしょ。まさか無料の生徒だけ引き受けてるわけじゃないでしょう？」

「そのまさかです。うちは営利目的ではありませんので」

「そんな慈善事業で塾が成り立つわけ――あ、ちょっと！　わたしを締め出そうなんてあなた

「――！」

青年が門を閉めかけたのに気付き、クリスが身体を滑り込ませようとする。

が、無駄だった。青年は容赦なく門扉を閉ざしてしまう。ドンドンとクリスが扉を叩く音がしていた。

「では、ご案内します。あ、僕のことはハルトと呼んでください」

笑顔で幸太のほうを向くハルト。

「は、はい……」

クリスのことが気にかかったものの、幸太は彼に続いた。

「ちょっと、門を開けなさいよ！　わたしを誰だと思ってるの⁉　世界のクリスティーナ・ウエストウッドよ！　授業料どころか、この塾ごと買い取ってやるんだから！　門前払いしてんじゃないわよ――っ‼」

はあ、はあ、と息を切らしたクリスは門扉を叩いていた手を下ろした。ダメだ。扉が開く気配はない。

閉ざされた門扉を睨み、クリスは夕闇に呼びかける。

「ホオズキ」

「……謀られましたね」

塾の向かいにある裏路地。その暗がりに漆黒のメイドが佇んでいた。

黒縁の眼鏡に肩で切り揃えた黒髪。闇に溶けるようにその身を潜ませたホオズキは主に赤い瞳を投げている。

全幅の信頼を置いているメイドをクリスは見遣った。

「謀られた、ですって？　いいから、この塾にわたしを紹介してくれる人を見つけるのよ。謝礼を払えば紹介状くらい書いてくれるでしょ」

せっかく幸太と一緒にいられると思ったのに。

それに今日だけではない。幸太が塾に行く日は彼と放課後を過ごせなくなるのだ。クリスとしては、それは避けたい。

「……まだ気付いていないのですか。ここは塾ではございません」

「え。じゃあ何――」

「……東城家の裏口です」

ばっとクリスは門を仰いだ。

裏口だからか表札はない。氷雨の家の住所は知っていたが、実際に訪れたことはなかったため気付かなかった。

（なんて迂闊……！　まさか目の前でこんな堂々とコータを奪われるなんて——）

「……個人塾とは建前です。今日の昼前、東城晴人が豪山寺ラーメン店を訪れたと情報が入っております。おそらくそのとき、東城晴人が塾のスタッフを装い、豪山寺徹志に営業をかけたのでしょう。留年しそうな生徒なら授業料は無料、と」

ぶるぶると拳を震わせたクリスは、思いきり叫んだ。

「やってくれたわね、東城氷雨えええええっっ——‼」

＊＊＊

「ん……？」

だだっ広い和室に一人ぽつんと座った幸太は首を回した。

（今、クリスの声が聞こえたような。気のせいか……？）

てっきりハルトが「凄腕の塾講師」かと思ったら、違うようだ。彼は幸太を部屋に案内するなり、「先生はすぐ来るので、お待ちください」といなくなってしまった。

ハルトが出してくれた熱いお茶をフーフーしていると、

「失礼します」

襖の向こうから控えめな声がして、幸太は慌てて湯呑みを元の位置に戻した。

紅梅が描かれた正面の襖がすっと開く。

「講師を務めさせていただきます。よろしくお願いします」

現れたのは人形のように美しい大和撫子。平坦な声で挨拶した少女は深々と頭を下げる。艶やかな黒髪が優美に流れた。

「ひ、氷雨……!?」

腰を抜かしそうになった。

誰でもびっくりするだろう。同級生が塾の講師として出てきたのだ。

幸太の驚きをよそに、氷雨は制服のプリーツスカートを揺らしてやってくると、彼の前に正座する。

「な、なんで、氷雨が講師……？」

「それは、わたしの講師としての技量が不安、ということでしょうか？」

感情の見えない氷雨の目がひたと幸太を捉えた。

「塾の講師は大学生が行うこともあります。ハーバードを卒業したわたしが高校の内容を教えられない道理はありません。また、同じ高校に通っているため、わたしは先生の出題傾向を完璧に把握しています。追試対策にわたし以上の講師はいないと思われます」

まったくその通りである。

その通りなのだが、幸太としては氷雨に教わるのは避けたい。

「どの教科から始めますか。幸太くんが決めてください。幸太くんの追試対策なのですから」

あー、と幸太の口から意味のない声が出た。少し考えた後、言う。

「あのさ、俺帰るわ」

え、と氷雨が青くなった。

「ど、どうして……」

「やりづらいだろ、お互い」

つい一週間前まで幸太と氷雨は付き合っていた。手を繋いだくらいの進展しかなかったが、それでも恋人同士だったのだ。

それが破綻した今、幸太は氷雨にどう接したらいいか距離感を掴みかねている。

「元恋人が講師や生徒って気まずくないか？　俺は嫌だ」

「わ、わたしは……！」

「氷雨だって他の生徒を教えるほうが気が楽だろ？　『凄腕の塾講師』なんだから教わりたい生徒はいっぱいいるだろうし」

「それは、その……」

氷雨は落ち着かなくモゴモゴと言葉を濁している。

幸太は腰を浮かした。

「ま、待ってください！　幸太くんを帰すわけにはいきませんっ」

必死な声に幸太は動きを止める。

「わたしは幸太くんのお父様から、成績を上げるよう言いつかっているのです。幸太くんが勉強せずに帰ってしまうのは困ります。『凄腕の塾講師』の名が廃ります……」

氷雨は弱りきった表情で、縋るように幸太を見つめている。

幸太も氷雨を困らせたくはない。けれど、気まずいものは気まずいのだ。

「無料なんだろ？　無料のものに過剰に期待するなって親父には言っとくよ」

「では、幸太くんはどうやって追試を突破するつもりですか？」

う、と幸太は詰まった。

「自習だけで六教科もの追試を合格できるのですか？　まったく勉強内容が理解できていないから追試になったのではありませんか？　そもそも自力で教科書の内容が理解できるなら、追試にならずに済むのではないでしょうか？」

ぐうの音も出なくて幸太は腰を下ろした。

「これから毎日、幸太くんは放課後、ここに勉強しに来てください」

「マジで……？」

「今まで勉強をサボっていた分です。聞けば、幸太くんは最近アルバイトばかりで全然勉強していなかったそうですね」

「親父から聞いたのか」

「はい。学生の本分は勉学です。アルバイトに熱中しては本末転倒です」

「……まあ、遊びに行くのに少しカネが必要だったんだよ」

「どこへ遊びに行ったのです？」

「……一緒に行っただろ、遊園地」

氷雨が息を呑んだ。

幸太はそっぽを向いていた。高そうな襖をじっと見つめる。

「そ、それはつまりっ、幸太くんはわたしとデートするために、アルバイトを――」

「違う。違うから。そういうんじゃない。ほんとに、今のは忘れてくれ」

冷や汗が出てきた。

(何を言ってるんだ、俺は！　これは氷雨に言っちゃいけないやつだろ……)

氷雨とデートするために幸太がバイトしていたのは事実だ。バイトをしていなければ、遊園地のチケット代や交通費、飲食代は払えなかっただろう。だけど、それを氷雨本人に言うのはナシだ。

「で、でしたら、何故幸太くんはアルバイトを……？」

「な、何でもいいだろ……氷雨には関係ないよ」

ついぶっきらぼうな言い方になってしまう。

俯いて畳の目を数えていると、バン、と机を叩く音がした。

「わっ、わたしっ、必ず幸太くんの成績を上げます……！」

氷雨は凜々しい表情で決意を漲らせていた。目には涙が浮かび、大きな瞳を満月みたいに煌めかせている。

「わたしのためにアルバイトをして幸太くんが追試になったなら――」

「いやだから違うってば。ほんとにそれ忘れて……」

「追試対策をするのはわたしの務めではありませんか！　そうです。幸太くんの勉強はわたしが責任をもって見させていただきます！」

なんだか氷雨のやる気に火を点けてしまったみたいだ。

幸太は頭をかいた。

「時間は有限です、幸太くん。まずは数学から始めましょう。試験範囲の最初から問題を解き直してください」

氷雨に促され、渋々幸太は教科書とノートを出した。

（結局、氷雨に教わることになってしまった……）

追試のために勉強しないといけないのは事実だ。幸太の成績はもはや独力でどうにかできるものではなく、全教科満点の氷雨が教えてくれるのはありがたいのだが――。

幸太は正面の彼女に気取られないよう、ひっそりと息をつく。

(婚約解消同盟の作戦はどうなるんだ……？)

これから毎日、氷雨に勉強を教わることになったとクリスが知ったら、彼女は何と言うだろうか？　クリスとの作戦では、氷雨と距離を置く、だった。毎日、氷雨に勉強を教わっていたら、全然距離が置けていない。

そんなことを考えながら問題を解いていたら、見事に詰まった。

手が止まった幸太に、氷雨は身を乗り出してくる。

「この問題はですね――」

ふと幸太は目を上げる。

「っ⁉⁉」

瞬間、目に飛び込んできた光景に釘付けになった。

身を乗り出したことで、氷雨の推定Gカップがテーブルに載っていた。白いシャツに包まれた双丘。見れば見るほどそのボリュームに圧倒される。

「幸太くん、聞いていますか？」

氷雨の不審そうな声に幸太はさっと顔を横向けた。首ごと強制的に動かさなければ、視線を引き剝がすのは不可能だった。

「幸太くん……？」

完全に横を向いた幸太に、氷雨は目を合わせようとしてくる。

幸太は「あー」と曖昧な声を出した。

「や、やっぱり同級生が講師するのって無理があると思うんだ、うん……」

「何故です？　わたしの教え方が悪いのですか？」

「教え方っていうより……えーっと、雰囲気……？」

「はっきり言ってください。わたしは幸太くんの成績を上げるためなら何でもする所存です」

「な、何ていうか、氷雨とだと、先生と生徒になりきれないっていうか、集中できないっていうか……」

「先生と生徒になりきれない、ですか」

氷雨が思案げに目を落とす。

「……わかりました。それでは少し席を外させていただきます」

氷雨は静かに立つと、紅梅の襖から出て行く。

美しい黒髪の後ろ姿を見送り、幸太は「ふう……」と息をついた。

退出してくれてほっとした。やっぱり氷雨と二人きりはキツい。別れたばかりのカノジョを意識しないでいられるほど、幸太は恋愛慣れしていない。

すっかり冷めてしまったお茶をごくりと飲んだときだった。

「し、失礼しますっ！」

気合いの入った声がして、スパンと襖が開く。

「これでいかがでしょうか⁉」

現れた氷雨を見て幸太はお茶を噴きそうになった。

氷雨はOLみたいなスーツ姿だった。襟元の開いた白いシャツに黒いタイトスカート、おまけに伊達眼鏡までかけている。黒タイツだけは制服のときと同じだったが、スカートから覗く面積はこちらのほうが明らかに多い。

というのも、シャツもタイトスカートもサイズを間違えたみたいにやたらぱっつんぱっつんなのだ。胸の豊かさも、腰のくびれも、肉感のある下半身も氷雨の身体のラインが浮き彫りになっている。

（どうしてこうなった——っっ⁉）

硬直したまま幸太は内心で叫んだ。

氷雨は恥ずかしそうに短いスカートの裾を引っ張っている。サイズが合っていない自覚はあるらしい。

「こ、幸太くん、これでいかがですか？　答えてください……」

「……あの、はい、とてもよい、と思います……」

それ以外、何と言えるだろう。

元々、氷雨は落ち着いた雰囲気に大人っぽい容姿だ。それがスーツを着ることによって引き立ち、年上のお姉さん的な魅力を十二分に発揮していた。

幸太の返答に、氷雨は小さく目を見開いた。モジモジと黒タイツの足を動かす。

「こ、幸太くんに褒めてもらえるなんて……ぅう……」

「いや、その……」

「これで幸太くんもわたしの解説を集中して聞いてくれますね」

は？　と思った。

（絶対に集中できない自信があるんだが？）

疑問符を頭上に浮かべる幸太。

氷雨は幸太の前に座ると、ペンを取った。それだけで家庭教師のお姉さんみたいな雰囲気が漂っている。いつもと違う氷雨の姿に幸太は胸が高鳴るのを自覚していた。

彼女は伊達眼鏡をくい、と直す。

「さっきの問題の解説から始めます」

「ま、待って！　その前に、なんでその恰好……？」

氷雨が小首を傾げる。

「先生と生徒になりきれないとのことでしたので、わたしが高校の制服なのがいけないと思いました。わたしが講師らしい恰好をすれば、幸太くんも集中できるはずです」

そういう発想だったか……、と幸太は額を押さえた。

「幸太くんも、とてもよいと言ってくれたではないですか。勉強にとても集中してくれるのですよね？」

（とても勉強には集中できないんだよなあ……）

「ほ、他に服はなかったのかな……？　ほら、なんかそのスーツ、サイズ合ってないみたい、だし」

途端に氷雨の顔が沸騰した。

彼女は慎ましやかにシャツの胸元を押さえる。が、彼女の双丘は全然慎ましやかではないため、押さえると余計に胸の形がわかってしまう。

「こっ、これはそのっ、講師らしい服を探したのですが、数年前の衣服しか見つからなかったのです。明日までには必ず新しいスーツを用意します」

「中学でも大人っぽい恰好をしていたんだな」

「大学に通っていたときは、周囲が皆年上なので、あえて大人びた服装にしていました。そうしないと浮いてしまうので」

そうか、と思った。幸太が中学生のとき、氷雨はアメリカの大学に通っていたのだ。改めて彼女のすごさを実感する。

「授業を再開してもよろしいでしょうか？」

「ああ、はい……」

「それではこの問題ですが――」

氷雨は身を乗り出す。

開襟シャツから胸の谷間が覗きそうで、幸太は咄嗟に顔を背けていた。

「――幸太くん」

怒りとも呆れともつかない声。

氷雨は拗ねたみたいに微かに口を尖らせていた。

「……あのさ、氷雨。横に来て教えてくれないか？」

それが苦肉の策だった。

氷雨が正面にいるから視界に入ってしまうのだ。横にいれば、彼女に目が行くこともなくなるに違いない。

「こっ、幸太くんの隣で、ですか……？」

氷雨の声は上擦っていた。

「そ、それは願ってもない申し出ですが、これ以上幸太くんの傍に寄ったら、わ、わたしの心臓が……ぅう……」

「ごめん。無理なお願いだったらいいんだ」

「いえ！」と氷雨は大きな声を出して立ち上がった。清水の舞台から飛び降りるみたいな表情で座布団を握り締める。

「これも幸太くんの成績を上げるためです。隣に行かせていただきます！」

氷雨は座布団を幸太の横に置いた。「失礼します」とそこに座る。

「解説を、させていただきます」

「お願いします」

氷雨は幸太のノートへ手を伸ばした。

「ここの値がですね——」

（あれ……？　もしかして俺、墓穴を掘った……？）

氷雨と幸太は今にも触れ合いそうな距離だ。幸太のすぐ横には彼女の小さな頭があって、艶やかな黒髪からはシャンプーのよい香りがしている。少し手を伸ばせば、彼女を抱き締められそうで——

「……」

不意に氷雨が口を噤んだ。

集中していないのがバレたのかと幸太は肝を冷やす。が、ノートを見ていないのは氷雨のほうだった。

「……すみません。幸太くんが近いので、付き合っていたときのことを思い出してしまいました」

苦いものが幸太の胸に広がった。

「それ、忘れてくれないか……俺も忘れようと思ってるから」

「忘れるなんてできません！」

氷雨は膝に目を落としたまま悲痛な声を上げる。彼女の横顔には沈んだ表情が影のように刻まれていた。

「わたしは幸太くんと登下校したこと、手を繋いだこと、二人でデートしたこと……どれも本当に、う……うれ……ぅぅ……」

氷雨はぎゅっと胸を押さえて、苦しそうにしている。

申し訳なさが、拭いきれない罪悪感が、幸太に湧き上がった。彼は氷雨から離れ、シャンプーの匂いがしないところで正座する。

「……ごめん。付き合っている間、氷雨には無理をさせたよな」

「え……？」

「好きでもない男子と付き合ってたんだから、氷雨が辛かったのも当然だと思う。俺も知らなかったとはいえ、本当に申し訳なかった」

「す、好きでもない、とは……？　だ、誰が、誰を……？」

「もう誤魔化さないでいいんだ、氷雨。――いや、東城さん」

恋人同士だから名前で呼んでいたのだ。別れた以上、呼び方も戻すべきだろう。

氷雨の顔色は紙のように白くなっていた。

「どんな理由であれ、東城さんが俺を好きになろうとしてくれたのは俺も嬉しい。だけど、それはやっぱり違うと思うんだ。無理やり誰かを好きになったって、そんなのきっと幸せじゃない。俺もそんな関係は嫌だ」

「まっ、待ってください！　話が見えません……」

氷雨は困惑したように眉を寄せている。

親が決めた婚約。氷雨はそれを受け入れるようずっと教育されてきたのだろう。

でも、大事なのは当人同士の気持ちだ。

それをわかってもらうために幸太ははっきり告げる。

「東城さんだって本当は俺といても楽しくなかったんだろ？　だから俺といたときのことを思い出して、そんな苦しそうになるんだろ？」

ひゅっ、と小さく息を呑む音がした。

氷雨は目を見開いて幸太を見つめている。

「いや、付き合ってるときから薄々気付いてはいたんだ。東城さんは俺といても笑わないし、あんまり嬉しそうでもないなって。俺との交際に積極的じゃなかっただろ。婚約してるって聞かされて、納得したっていうかさ」

言ってて辛くなってきた。

こんな苦い感情を生むのだから、幸太にとっても、氷雨にとっても、恋人同士になったのは間違いだったのだ。

「俺がもっと東城さんに相応しい奴だったらよかったんだけど、ごめん、俺はこの通りだからさ……。好きになってもらえなくても仕方ないと思う。結婚は絶対、好きな人としたほうがいい。それがお互い、幸せだと思うんだ」

「え、あ、あの、幸太くん、質問していいですか……?」

掠れた声。氷雨は深呼吸してから問いかける。

「――どうしてわたしと別れたのですか?」

「だって、東城さんは……俺のこと好きじゃないんだろ?」

わなわなと氷雨の唇が震えた。

「わ、わ、わたしはっ!」

勢いよく叫ぶ氷雨。その声が裏返っていた。

恥じ入るように氷雨は身を縮こまらせる。

「そんな、まさか……幸太くんがそんな風に思っていたなんて……」

「東城さんの態度はわかりやすかったと思うよ。後から思い返して、俺は東城さんに付き合ってもらってただけなんだって実感したし」

「違うんです! 幸太くん、それは間違っています……!」

氷雨は立ち上がっていた。

そうするとどうしても黒タイツの太腿に目が行ってしまう。幸太は俯いた。

「誤解なのです。わ、わたしは、幸太くんのことを――」

必死な声はそこで途切れた。

はあ、はあ、と長距離走の後のように乱れた呼吸音が響いている。

「……で、ですから、わたしはこぅ、たくんがっ……す……すっ………！」

室内の空気が重い。

ぐすっと洟を啜る音が聞こえてきた。

苦心しているらしく呻き声までしている。氷雨が無理に何かを言おうとしているのは、誰の目にも明らかで。

幸太は助け船を出すように言った。

「無理して嘘つかなくていいよ、東城さん」

トン、と氷雨は膝をついた。

魂が抜けたみたいに彼女は座り込んでいた。生気のない目が虚空を見つめている。

彫像のように動かなくなってしまった氷雨を置いて、幸太は一人、教科書とノートに向かった。

氷雨はそれから授業時間が終わるまで、一言も口を開かなかった。

夜も更けたので、幸太は帰ることになった。

「あの、幸太くん。もしよろしければ、この後、一緒にお夕食でもいかがでしょうか?」

廊下を足早に歩く彼を追い、氷雨は必死に言う。

(結局、ショックで幸太くんと全然話せませんでした……。うううう、せめてもう少し幸太くんと一緒にいられれば、誤解を解くチャンスがあると思うのですが)

「わたしの作った肉じゃがあるのです。是非、幸太くんにも召し上がっていただきたく……」

「いや、マジでいらないから! 腹減ってないし」

幸太はぶんぶんと手と首を振っていた。心なしか顔が青ざめている。本当に食べたくなさそうな様子に氷雨は眉を下げる。

「で、では、せめて駅までお見送りを――」

裏門まで来た幸太はくるりと振り返った。

「見送るんだったら普通、逆だろ。俺は一人で大丈夫だから」

突っぱねるように言って幸太は大股で出て行ってしまう。氷雨は門の脇に佇んだまま、遠ざかる彼の背を見送るしかなかった。

幸太が見えなくなって、氷雨は力なく門柱にもたれる。

（そんな、まさか幸太くんがわたしに好かれていないと誤解をしていたなんて……）

衝撃的だった。

そんなのあるはずないのに。

五歳のときから、自分は幸太しか見ていないのに。

（わたしはなんと愚かなのでしょうか。わたしがきちんと言葉や態度で示せないばかりに、幸太くんを誤解させていたのですね）

氷雨は頬に両手を当てる。

ほとんど無表情な顔。幼いときから表情を殺し続けてきた癖はなかなか抜けない。

（わたしの想いを幸太くんに伝えなければなりません。わたしの気持ちを誤解したので、幸太くんはわたしと別れ、婚約解消に乗り出したのです。わたしの想いが伝われば、きっと幸太くんとやり直せるはずです）

それがわかったのは収穫だった。

一歩前進したのは間違いないのだが――

（ううう、ですが、わたしは幸太くんに好きと言えるのでしょうか……？　彼を前にするとドキドキが止まらないのです。わたしのこの想いを彼に知られるなんて、そんな、恥ずかしいこと――）

「ぅうううう、ですが、わたしは幸太くんに好きと言えるのでしょうか……？　彼を前にするとドキドキが止まらないのです。わたしのこの想いを彼に知られるなんて、そんな、恥ずかしいこと――」

心の声が外から聞こえてきて、氷雨ははっとした。

「誰ですっ⁉」

幸太が消えて行った方角とは反対側。夜道から現れたのは金髪の少女だった。

クリスは不敵な笑みを浮かべる。

「――ってところかしら、その表情は」

ざわっと冷たい風が吹いた。

夜風に金と黒が舞う。二人は黙したまま視線をぶつけ合っていた。

「……幸太くんなら、たった今、帰りました」

「知ってるわ」とクリスは顎を持ち上げる。

では、と氷雨は門を閉じようとした。

「待ちなさいよ。わたしはあなたに話があって来たのよ」

「話、ですか」

「コータに自分の気持ちを言えなくて困ってるんでしょう？　わたしにはあなたの心がよくわ

かるわ。手に取るようにね」

氷雨は眉をひそめた。

(警戒しないといけません。女狐のことです、何かよからぬことを企んでいるに違いありません)

「そう警戒しないでよ。よからぬことだなんて、心外だわ」

ふふ、とクリスは余裕たっぷりに笑う。

自分の表情が家族以外に読まれている。そのことに氷雨はさっきから驚愕していた。いついかなるときも平静な表情を保っている自信はある。実際、それで幸太が誤解して今回の顛末なのだ。

「わたしはあなたと盟約を結びに来たのよ」

「盟約。わたしとあなたで友好的な関係が築けるとは思えません」

「そうね。少し前、あなたがまだコータの恋人だったら、そうだったと思うわ」

「何が言いたいのですか。わたしはあなたと長話をする気はありません」

「単刀直入に言うわね」とクリスは肩から髪を払う。

「あなたがコータに自分の想いを伝えられるよう、盟約を結ばない？　わたしが作戦を立てて、全面的に協力するわ」

「それが、盟約、ですか……？」

「そうよ。コータとあなたの仲がこじれたのは、あなたがコータに『好き』と言えなかったからなのよね？　なら、コータに気持ちを伝えられたなら、少しは状況が好転すると思わない？」

「あなたの言っていることは正しいです」

　ですが、と氷雨は視線を鋭くさせる。

「正しいからこそ疑問です。何故、あなたがわたしと彼の仲を取り持つのですか？」

　クリスが幸太を好きなのは明白だ。

幸太と氷雨が元鞘に戻ったら、困るのはクリスなのに。どうして敵に塩を送るような真似をするのか。

「ふふっ、あなた、今さらコータに気持ちを伝えたところで、また恋人同士に戻れると思っているの？　それは甘いんじゃないかしら」

「っ……！」

「今、戦況は大きく変わっているの。あなたも気付いているでしょ？　もう一人の許嫁、北大路二愛。コータ本人と婚約した子よ。それだけで強いわ。だって、コータは好きな人以外とは結婚しないと言っているんだもの。コータ本人と婚約したってことは、五歳のコータはあの子が好きだったわけでしょ」

　心臓がぎゅっと縮まった気がした。

母親同士が決めた、強引な婚約とは違う。

幸太の初恋の女の子は自分ではなく、あの子なのだ。

「あなたはまだ北大路二愛と接触してないから実感ないかもしれないけど、あの子はとびきり厄介よ。わたしでも手を焼くほどにね。わたしとしては、同じ許嫁のあなたに少しは反発してほしいところなのだけれど――」

気付けばクリスは氷雨の正面に立っていた。

蔑むような目が氷雨を覗き込む。

「今のあなたじゃ誰とも戦えないわ。あなた、雑魚なのよ」

「――」

唇を噛んで氷雨は俯いた。

クリスの言葉は否定できない。

事実、さっきも幸太と二人きりになれたのに、氷雨は自分の気持ちを言えなかった。

そもそも付き合っているときから自分の想いをもっと幸太に伝えていれば、こんなすれ違いは起こらなかったはずだ。初めから想いを言えるなら、今の状況にはなっていない。

(今のわたしじゃ、誰とも戦えない……)

内に秘めた想いの強さは誰にも負けない自信がある。

だけど、幸太に示せないなら、それは存在しないのと同じだ。

「わたしはあなたの力を強くして、北大路(きたおおじ)二愛(にあ)への牽制(けんせい)にしたいのよ。手を組むなら、北大路(きたおおじ)二愛(にあ)よりあなたを選ぶわ。あなたが少し力を増したところで、わたしの障壁にはなり得ないんだもの」

「……盟約を結べば、わたしは幸太(こうた)くんに想(おも)いを伝えられるのですか？」

「それは絶対よ。保証するわ。世界のクリスティーナ・ウエストウッドの作戦はいつだって完璧なのよ」

クリスは敗者に施しを与えるように氷雨(ひさめ)を見下ろしている。

氷雨(ひさめ)はぎゅっと拳を握った。

「っ、わたしは盟約を……お断りします」

クリスが眉を持ち上げた。

「賢明じゃないわね。あなた、コータを諦めるつもり？」

「諦めません！　ですが、女狐(ヴィクセン)の口車に乗るのはあまりに危険すぎます」

言うなり、氷雨(ひさめ)はバタン、と門を閉じた。門扉(もんぴ)に背を預け、はあ、はあ、と息をつく。

クリスとの盟約に心が揺らいだのは事実だ。だけど、クリスが信用に足る人物とは到底思えない。

（女狐(めぎつね)の手を借りたら、後で何を要求されるかわかりません。女狐(めぎつね)のことです、わたしに恩を売りつけてくるに違いありません）

それに、と氷雨(ひさめ)は胸を押さえた。瞳を閉じる。

（わたしは幸太(こうた)くんに「好き」と素直に言えるようになりたいのです——）

夜空を仰ぎ、恥ずかしがり屋の少女は心の中で願いをそっと唱えた。

閉ざされた門を見つめ、クリスは鼻を鳴らした。その口元が歪(ゆが)む。

「さあ、どこまで耐えられるかしら？　見ものだわ」

三章　黄金比と笑顔

「……というわけで、これから毎日、氷雨に勉強を教わることになった」

翌日。

休み時間に幸太は講師が氷雨だったのをクリスに打ち明けた。同盟を組んでいるのだから、作戦に狂いが生じたなら報告しておく必要がある。

「ふーん。ま、それなら仕方ないんじゃない？」

クリスは幸太の膝に横座りしたまま言った。

ここは自分のクラスである。周囲には当然、他の生徒がいる。男子の膝に女子が座っていたら、普通に目立つ。現に、クラスメートの様々な視線があからさまに幸太に刺さっている。

「東城さんならコータの成績を立て直してくれるでしょ。コータが追試もダメで留年したら、わたしも困るし？」

「やけにドライだな」

クリスのことだから、どんな手を使ってでも幸太と氷雨を引き離すのかと思っていた。意外だ。

「作戦は学校内だけでも十分効いてると思うのよね。気付いてる？　東城さんの視線」

「……気付いてる」

まだ秋だというのに窓際は氷点下に突入している。

氷雨は難解な本を読んでいるが、不機嫌なのが丸わかりだ。本のページを捲る度、ギロッと氷塊のような一瞥を投げてくる。

「今のところすべて順調よ。コータが東城さんから勉強を教わったくらいで、わたしたちの作戦は破綻しないわ」

「そりゃ心強い……っ⁉」

いきなりクリスは幸太の首に腕を回してきた。

（近い！　近いぞ、クリス……！）

完全に抱き締められている。ふわりと甘酸っぱい香りがした。ドギマギしている幸太の耳元でクリスは囁く。

「それとも、コータは東城さんと二人になるのは耐えられない？」

吐息が耳をくすぐり、ぞくっとした。

「東城さんといるの辛いって言ってたじゃない。コータがどうしても東城さんといるのがイヤなら、考えるけど」

イヤ、なのだろうか……？　と思う。

たぶん「イヤ」とは違う気がする。気持ちの整理がついていないだけなのだ。

　幸太は失恋した。氷雨が自分を好きじゃないとわかったわけだが、そこで幸太は選択しなければならない。

　氷雨を諦めて他の子に気持ちを向けるのか、氷雨を諦めずにアタックを続けるのか。

　……自分の気持ちがわからないのは本当に厄介だ。どっちを選べばいいのか、幸太自身にも決められない。

　ただ、感情を抜きにして考えれば。

（諦めるのが現実的、なのか……。氷雨は高嶺の花だし、最初から成就するはずがなかったと思えば——）

　思い返してみればそうだ。

　告白前は氷雨と付き合えるとは思っていなかった。委員会活動を通して他の男子より彼女と親しくなったとはいえ、高嶺の花を振り向かせられるだけの魅力が自分にあるとは思えない。告白は元より玉砕覚悟だったのだ。

「コータ、手」

「ん？」

「わたしを抱き締めて」

　躊躇した。

　クリスは間近で囁いてくる。

「これも作戦なんだけど」

そう言われたらやるしかない。

作戦だから、と理由を付け、幸太はクリスの腰にそっと手を回した。細い腰にドキリとしてしまう。シャツ越しでもわかるほどクリスの身体は火照っていた。

「コータ……大好き」

クリスが腕に力を込めた。

二人の距離がゼロになり、幸太の視界から氷雨が消えた。

「今日も放課後、行けばいいのか？」

昼休み。

偶然、廊下ですれ違った幸太に問われ、氷雨は足を止めた。幸太はどこか気まずそうに氷雨から目を逸らしている。

「はい、お待ちしています」

「でも、今日は華道部の活動日じゃ――」

「塾が優先に決まっているではありませんか」

何を当たり前なことを、とばかりに氷雨は言っていた。

「幸太くんの追試対策に比べたら、わたしの部活動など取るに足らないものです」

「そんなことはないだろ。東城さんには東城さんの高校生活があるんだし、自分の部活を優先しても――」

「そもそも華道部に入ったのは、お店にお花があればよいと思ったからです。将来のことより今は幸太くんの留年回避のほうが急務です」

「お店にお花……？」

不思議そうな幸太に氷雨ははっとする。

（まさか将来、彼と一緒にお店をすることを念頭に置いているなんて知ったら、幸太くんは一体どう思うでしょうか……？）

むくむくと羞恥心が込み上げてきた。つい怒ったような声が出る。

「とにかく、放課後はすぐに来ていただいて結構ですっ」

幸太は頷くと、行ってしまった。

遠ざかる背中を切なげに見つめ、はたと氷雨は気付く。

（わたしはまた幸太くんになんと厳しい物言いをしてしまったのでしょう！　ううううう、これがいけないのです。これでは幸太くんに勘違いされても仕方がありません。幸太くんと一緒にいられる喜びを、きちんと言葉で伝えなければ……！）

ふっ、と鼻で笑う声がした。

横を見ると、クリスがチェシャ猫のように笑っている。

「だから、あなたはわたしの敵じゃないのよ」

痛烈な台詞だった。

「やれるものならやってみなさい。わたしとの盟約なしであなたがどこまでできるのか」

氷雨の耳元で囁いたクリスは駆けていく。

「コータ――！」と明るい声を上げ、クリスは彼の腕に抱きついた。まるで恋人のようにクリスは幸太に寄り添っている。二人は何か楽しげに会話しているようだ。幸太もクリスも笑顔になっている。

ぎり、と奥歯が軋んだ。

（それは、わたしの作戦など歯牙にかけるまでもないということですか？　わたしは絶対に幸太くんに想いを伝えられない、と。そう言っているのですか⁉）

陽炎のように白い冷気を纏った氷雨は廊下を進む。

周囲の生徒がそっと彼女から距離を取っていた。


放課後。

昨日と同じように氷雨は自宅で幸太を迎えていた。

新調したシャツと黒いタイトスカートで彼の正面に正座する。

「本日もよろしくお願いします」

「……よろしくお願いします」

幸太がやりづらそうに返した。

(はっ、もしかして今の挨拶は堅苦しすぎたでしょうか？　講師と生徒とはいえ、同級生なのですからもっと親しみのある言い方があったのでは……？)

グルグルと氷雨が思考を巡らせているうちに幸太は勉強道具を出して勉強を始めていた。

黙々と書く音がしている。

(今日の幸太くんはわたしの恰好を褒めてくれませんでした……。やはりもう少し大胆なほうがよかったのでしょうか？　スカートは勇気を出して少し短めのものを選んだのですが)

氷雨は自分の膝に目を落とす。

自分的には短いほうだが、クリスのスカート丈に比べたらまだ長い。

(幸太くんは、わたしが一緒にいても楽しそうではない、と言っていました。ですが、それは誤解です。わたしは幸太くんとこうして二人きりになるだけで心が浮き立つように嬉しいのです。これを幸太くんに伝えなければいけません)

幸太がキリのよいところを見計らい、氷雨は声を出した。

「あのっ、幸太くん」

彼が目を上げる。

幸太に見つめられ、氷雨は自分の口内が急速に干上がっていくのを感じた。ごくり、と喉が鳴る。

「きょ、今日も来ていただいて、わたしはっ、う……ぅう……」

幸太が怪訝な顔になる。

焦燥が氷雨の体温を上げた。唇を戦慄かせ、氷雨は叫ぶように声を発する。

「ぅうう……嬉しいですっ！」

(言えました！　ついにわたしの気持ちを幸太くんに……！)

声が裏返ってしまったけれど、伝えたいことはきちんと言えた。

顔が燃えているみたいに熱い。俯いて氷雨は身を硬くする。幸太の返事を待つが――

「そりゃ、俺も留年は嫌だからな」

返ってきたのは気のない言葉だった。

「……え」

「東城さんだって何の見返りもないのに俺の勉強見てるんだろ？　無料ってことはさ」

「え。は、はい。そう、ですね。そういう話、でしたよね……」

「次の試験は追試にならないよう俺も頑張るよ。東城さんに迷惑かけたくないし」

「め、迷惑だなんてそんな……！」

氷雨が言葉に詰まっている間に幸太は再びノートに目を落としてしまった。

（なんということでしょう、全っ然伝わりませんでした……!!）

ああああと顔を覆って転げ回りたい衝動に駆られる。

（完全にわたしのミスです。幸太くんと二人なのが嬉しいとはっきり言わなければ、伝わるはずがないではありませんか！）

しかし、氷雨にもう一度、それを言い直す勇気はなかった。

さっきので今日の分の勇気は使い果たしていた。いまだに高鳴っている心臓にこれ以上、負荷はかけられない。

（言葉で伝えるのがダメなら……そうです。態度で伝えるのです！）

それはとても名案に思えた。

（幸太くんも気にしていたではありませんか。付き合っているとき、わたしが全然笑わなかった、と。わたしが笑顔でいれば幸太くんもわたしの気持ちを理解してくれるはずです）

とはいえ、氷雨が笑うのは沖縄で雪を見るようなものだ。

大概の人は彼女が笑ってもその微細な変化に気付かないし、氷雨も笑顔になるのはブラックコーヒーくらい苦手である。

だが、幸太の誤解を解くためなら、そうも言っていられない。

なんとしても自分は幸太とラブコメをしたいのではなかったか。

幸太と再び恋人になるのを夢想し、氷雨は決意を固めた。

（笑う。笑うのです。わたしはどうしたら笑えるでしょうか。……そうです、ラマヌジャンの円周率の公式を解きましょう。あれは数学の神秘に触れている感じがして、とても楽しい気持ちになれます）

氷雨は自分のノートに数式を書いた。難解な式を氷雨はスラスラと解いていく。ノートのページは瞬く間に数字と記号で埋め尽くされていった。

幸太がチラと顔を上げた。

さっきまで何もしていなかった氷雨がいきなりノートに何かを書き始めたのだ。

幸太の視線に気付き、氷雨も手を止める。

「あ、幸太くん……」

今、自分は笑えているだろうか？

氷雨としては微笑んでいるつもりなのだが、幸太の目にはどう映っているのか、彼女にはわからない。

「解けない問題がありましたか？」

「いや……東城さんが何かやってるから……」

幸太は目を逸らしつつ言う。

（それは、わたしに興味があるということですか⁉　そういうことなのですか⁉）

氷雨の胸は歓喜で爆発しそうだった。ぱっとノートを幸太に見せる。

「わ、わたしは今、ラマヌジャンの円周率を解いているのです。見てください、この数式を。nの値が大きくなるごとに円周率が正確な値に――」

氷雨の興奮した声は途切れた。

幸太が遠い目になっていた。

「……ごめん。俺には難しいかな」

「そう、ですよね……すみません……」

氷雨はノートを下ろした。

（ううう、何故わたしはこうも気が回らないのでしょう！　幸太くんと一緒に楽しめるものでなければ意味がないではありませんか。この数式にはまだ幸太くんが習っていない範囲の内容が含まれています。それなら、と氷雨は新たな数式を書いた。幸太くんにわかるはずもありません）

それなら、と氷雨は新たな数式を書いた。幸太に見せる。

「これはいかがでしょうか？　これは黄金比に使われている黄金数を三角関数で表したものなのですが、この証明であれば幸太くんもちょうど習っているところですし――」

またしても氷雨の言葉は途切れた。

幸太は気まずそうに視線を脇に遣っていた。

「……ごめん。東城さんの数学は、俺にはわからないと思う」

「そう、ですか……すみません……」

氷雨は肩を落とした。

(うまくいきません。幸太くんに笑顔を見せるつもりが、困惑させてしまいました。どうしてわたしはこうなのでしょう)

あー、と幸太が頭をかいた。

「俺が問題やってる間、東城さんはそれやってなよ。わからないとこがあったら言うからさ」

「……はい、ありがとうございます」

辛うじて返し、氷雨はノートを見つめた。

幸太は自分の勉強に戻ってしまった。二人の間には筆記用具の音がするだけである。重苦しい沈黙が場を支配する。

(ダメですダメですダメです……！　何か新しい策を練らなければなりません。このままでは幸太くんの恋人には戻れません。あの女狐に幸太くんを奪われてしまいます！)

脳裏には仲睦まじく会話する幸太とクリスの姿が焼きついている。

何故、幸太と自分はあんな風になれないのか。普通の恋人同士でいいのに。何も特別なことは望んでいないはずなのに――。

数式を涙目で睨み、氷雨は思考を走らせていた。

＊＊＊

「コータ！　今日は一緒に――」

「幸太くん、委員会の件で用事があります」

放課後になるなり、幸太の机の前でクリスと氷雨がバッティングした。

クリスは眉を持ち上げて氷雨を見る。

氷雨は腕を組んで幸太を凝視していた。毅然とした眼差しが幸太を射抜いている。

「はあ？　塾に行く前くらい、コータを自由にしてあげたら？」

わざとらしく肩を竦めて言うクリス。

氷雨がジロ、とクリスを見た。

「聞こえませんでしたか？　わたしは委員会の用事だと言っているのです」

「はいはい。……そういうことにしておいてあげるわよ」

キッと氷雨の視線が鋭くなった。

氷雨は幸太のほうに顔を戻すと、ずいと迫る。

「幸太くん、来ていただけますね」

大きな瞳には威圧するような光が宿っていた。

委員会と言われれば断れるはずもなく、幸太は頷いた。

それを確認した氷雨は、ふい、と教室の出口へ向かってしまう。クリスに「じゃ」と言うように手を挙げた幸太は、氷雨を追い――。

教室のドア付近で二愛と出くわした。

「コーくん！　今日もわたし、コーくんの家で料理しようと思うんだけど――」

にこやかに声を張り上げる二愛。

その前に氷雨が鉄壁のように立ちはだかった。

「幸太くんは委員会の用事です」

相変わらずの無表情だ。ゴゴゴゴ、という効果音がぴったりな雰囲気を纏っている。温度を感じさせない瞳が二愛を見下ろしていた。

二愛はパチパチと瞬きをした後、

「コーくん、帰ってくるの遅かったら、明日のお弁当で持ってきてあげるね！」

「俺ん家で料理するのは変わらないのかよ」

「幸太くんの家で料理したのが自分だけと思ったら大間違いです」

氷雨は二愛へ憎々しげに言い放った。二愛はきょとんとしている。幸太は二愛に「また今度」と言って、氷雨を追った。

ピン、と伸びた背筋に長い黒髪が流れている。

ほとんど生徒の通らない裏階段まで来て、幸太は訊いた。

「えっと、東城さん。それで、委員会の用事って何……？」

氷雨に言われるまま来てしまったが、幸太には思い当たる用事がない。

彼女の背がぴくっと跳ねた。スーハーと深呼吸をした後、氷雨は振り向く。

「……まず謝罪をさせてください」

「謝罪？」

「委員会の用事というのは、嘘です」

「――」

氷雨は眉を下げてモジモジしていた。手指をしきりにいじっていて、さっきまでの威圧感が嘘みたいだ。

「委員会という理由でもないと、幸太くんと下校できないと思ったのです」

「下校って……どうせ塾で会うじゃないか」

「それではダメなんです！」

廊下に大きな声が反響した。すぐに彼女は身を縮こまらせ、ボソボソと言う。

「……塾では思うような成果が上げられていません。どうやらわたしの考えが甘かったようです」

「まだ塾に行き始めて数日じゃないか。そんなすぐに成績は上がらないよ」

「とにかく」と氷雨は顔を上げた。

「今日は幸太くんに付き合ってほしいところがあるのです」

「……それ、俺が付き合わないと本当にダメ？」

氷雨の真剣な眼差しから幸太は目を逸らしていた。

クリスとの作戦は「氷雨と距離を置く」だ。必要以上に氷雨といるのは避けたい。そういう魂胆から言ったのだが、

「——先日、ウエストウッドさんと北大路さんと一緒にクレープ屋へ行きましたね？　それは本当に幸太くんが行かなければならないものでしたか？」

キンキンに冷えた鉄パイプみたいだ。

底冷えのする氷雨の声音に、幸太は一つ身震いする。

「無料券がもったいないなら、ウエストウッドさんと北大路さんだけで行けばよかったのです。券は二枚のみ。幸太くんが行く必要はありません」

「……それは……」

「以上のことから、幸太くんは幸太くんでなくてもよい用事に付き合っています。同行したウエストウッドさんと北大路さんは幸太くんの恋人ではありません。わたしと立場は同じです。それなのに二人の誘いは易々と受け、わたしの誘いは渋るのですか？」

「……ぅん、いや、そんなつもりじゃ……」

幸太の声は尻すぼみになり、消えた。

二人だけの廊下で、氷雨は証明終了とばかりに言う。

「では、わたしの用事にも付き合っていただけますね？」

「……はい」

氷雨と電車に乗って移動する。

付き合っていたときは一緒に登下校していたが、別れてからは初めてだ。

幸太は距離感を摑みかねて、氷雨から一歩以上離れた場所で手すりにもたれている。

「……」

「……」

さっきから二人に会話はない。

幸太は氷雨相手に何を話したらいいか思いつかないし、氷雨もお喋りは苦手だ。

と、氷雨が近寄ってきた。

ガタンゴトンという電車の走行音の中、氷雨が手を伸ばす。おずおずと幸太の袖を摘まんだ。

「え？」

言ったのは幸太だ。

氷雨は付き合っていたときみたいに幸太の制服を握っていた。俯いている氷雨の顔は長い黒髪に隠され、見えない。

「東城、さん……？」

「な、何でしょうか」

「えっと、なんで俺に掴まってるのかな、って……」

もう別れたんだから、そういうことはしないはずだと思って幸太は言う。

が、

「——幸太くんに掴まるのに許可がいるのでしょうか？」

車内の空気が一気に冷えた気がした。

氷雨は幸太を見上げていた。睨むような視線に射すくめられる。

「先日、ウエストウッドさんと北大路さんが幸太くんの腕を抱えているのを見ました。あの二人に幸太くんは許可を出していたのでしょうか？」

「……いや、許可は、別に……」

「ウエストウッドさんと北大路さんは許可なく幸太くんにくっ付いていました。先ほども述べましたが、二人は幸太くんの恋人ではありません。わたしと立場は同じです」

「……あー、ぅん……」としか幸太は言えなかった。

幸太の袖を握る手に力がこもる。

「では、わたしが幸太くんに掴まるのに、どんな問題があるというのでしょう⁉　いいえ、掴まるだけでは足りません。わたしもあの二人のようにくっ付かなければ……！」

ぶるぶると震えた氷雨は、意を決して幸太の腕に飛びついた。

途端に氷雨の顔がぶわっと真っ赤になる。今にも倒れそうに目はグルグルしていた。

「と、東城さん、大丈夫？　具合悪いなら、一回電車降りる……？」

「だ、だ、大丈夫ですぅ……！　これくらい耐えなければ、あの二人には太刀打ちできません……！」

幸太の腕にぎゅっとしがみついて、身体を押しつけてくる氷雨。

あまり大丈夫には見えなかったが、幸太は氷雨を支え続けた。

「ここです」

目的地の駅で降り、歩くことしばし。

古びた雑居ビルの前で氷雨と幸太は足を止めた。

「このビルの二階です」

「劇場……？」

ポップな立て看板に書かれている文字に幸太は眉をひそめた。こぢんまりとした劇場で、イベントスペースでもあるらしい。

「はい。今日は幸太くんとお笑いライブが観たいのです」

「お笑いライブ⁉」

　素っ頓狂な声が出た。

（氷雨ってお笑いとか見るんだ……。意外すぎる！）

「えーっと、東城さんってお笑い好きだったんだ？」

「いえ、騒がしいのは嫌いです」

「好きな芸人さんがいるとか……？」

「いえ、芸人に興味はありません」

（じゃあなんで来たんだよ！）

　叫びそうになった。

「幸太くん、蛇の道は蛇と言います」

「はあ……」

「笑うには、笑いのプロから学ぶべきだと思いませんか？」

「？？？」

「わたしは先日、挫折したのです。笑いとは、わたしが想像していたより遥かに難しいものでした」

もはや幸太は話についていけない。笑い……？　氷雨はお笑い芸人でも目指すつもりなのか。だとしたら、あまり適性があるようには思えないからやめたほうがいい、と助言するべきなのかもしれない。

氷雨は胸に手を当て、語る。

「お笑い――それは人を笑わせるために存在しています」

「……まあ、『お笑い』だからな」

「そのコツを会得すれば、わたしの目標は達成されるはずなのです」

「あー東城さん。こんなこと言うのはあれなんだけど、あんまり東城さん、お笑いには向いてないような――」

キッと氷雨が幸太を見た。

「止めないでください、幸太くん。向いている、向いていないの問題ではないのです。わたしはなんとしても笑いのコツを会得しなければならないのです！」

「……そこまで言うなら、うん、止めないけど……」

「きっと、ここにわたしが求めているものがあるはずです。そして、わたしが笑うとき……そのときは、と、隣に、こぅたくんが、ぃ、ぃて……」

いきなり声が小さくなり、モジモジし始める氷雨。

幸太は首を傾げた。

「え、と。不安なら入るのやめる？」

「いえ！」と氷雨はかぶりを振った。

「ここまで来て引き下がるわけにはいきません。いざ、参りましょう！」

戦場へ赴くみたいに言って氷雨は凜々しい表情で歩き出す。

お笑いライブに行くノリじゃないんだよなあ……と思いつつも、幸太は氷雨の後に続いた。

一時間ほどの公演を観た帰り道。

すっかり夜になった駅前を幸太と氷雨は並んで歩く。カボチャのイルミネーションがやたらと目に付いた。

「あの、幸太くん」

氷雨がおずおずと声をかけてくる。

「お笑いライブ、どうでしたか……？」

「ああ、うん。初めてだけど、意外と楽しかったかな」

氷雨の顔が心なしか明るくなった気がした。

「それは、よかったです……！」

「でも、東城さん的にはどうだったのかな、って……」

「どういう意味でしょう？」

「だって公演中、東城さん、全然笑ってなかったから」

劇場で幸太と氷雨は隣同士で座った。公演を観ながら、幸太は時折、氷雨の様子を窺っていたのだ。氷雨は食い入るように真剣な顔でステージを見つめ、笑っている素振りはまったくなかった。

「まあ、テレビに出ているような大物芸人はいなかったし、そこまで笑えなくてもしょうがないのかなって――あれ、東城さん？」

気付けば隣にいた氷雨がいない。

振り向くと、ずーんと陰気なオーラを纏った大和撫子がいた。呪われた石みたいに歩道の真ん中で立ち尽くしている。

「……そんな、わたしは笑っていたのに……笑っているつもりだったのに……」

「東城さん、笑えなかったのをそんなショックに思わなくても――」

「ショックになるのは当然ではないですか！　騒がしい場所を我慢して、興味もない芸人の話を聞いたのですよ⁉　せっかく幸太くんにも付き合ってもらったのに、何も成果が得られなかったなんて」

「それマジで東城さんお笑い向いてないよ。俺が保証する」

「わたしはっ、わたしは、笑いを極めたいのです……！」

氷雨は拳を握って俯いている。震える両肩を見つめ、幸太は息をついた。

（そんな無理してお笑いを研究しなくてもいいのになあ……。氷雨は自分の得意なことが他にあるんだし）

飛び級でハーバードを卒業するのがどれだけすごいのか、幸太は体感として理解できない。だけど、氷雨が数学好きなのはこの前、一緒に勉強してわかった。難しい数式を解く氷雨はどこか活き活きして見えたのだ。

たぶん彼女は本当に数学の才能があって、数式を解くのが楽しいのだろう。

突出したものを持たない幸太にとって、氷雨の才能はひどく眩しい——。

「……すみません、幸太くん。今日の授業は中止でもよろしいでしょうか？」

沈んだ声で氷雨は問う。

「本屋さんに寄って少し調べものをしたいのです。よろしければ、幸太くんも付き合っていただけませんか？」

「うん、いいよ」と幸太は返した。ここで氷雨を一人にすると危なっかしい気がした。

「ありがとうございます」

氷雨はフラフラとした足取りで歩いていく。よほどお笑いを理解できなかったのがショックらしい。

駅前に本屋を見つけて幸太たちは入る。

氷雨は「笑い、笑い、笑い……」と呪詛のように唱えながら本棚の奥へ向かった。傍から見たらかなり怪しい。

氷雨が医学書のコーナーに落ち着いたのを見て、幸太も他の棚に向かった。幸太に医学書はハードルが高すぎる。

ふと視界の端にそれが映った。

「あれは……」

幸太は女性向けのファッション誌コーナーに近付く。

見覚えしかない金髪の少女が雑誌の表紙を飾っていた。引き寄せられるようにその雑誌を手に取る。

（すげえな、あいつ……本当にモデルやってたんだな……）

一緒にいると、クリスが芸能人だとか大富豪だとか、そういうことをすっかり忘れてしまう。幸太にとってクリスは同級生で、同盟者なのだ。

ペラ、と表紙を捲ると、クリスが大きく載っているページが続いていた。どうやら巻頭で特集を組まれているらしい。

オシャレなフレアスカートで並木道を歩くクリス、厚手のPコートを着て公園で遊んでいるクリス、ホームパーティーみたいな場所でセクシーなロングニットを着ているクリス……。服装が違うとまた印象も変わる。

気付けば幸太は雑誌に見入っていた。

「――」

横から氷雨の声が聞こえた気がした。

幸太は雑誌から顔を上げる。

横には幸太と同じく雑誌を立ち読みしている女性しかいなかった。氷雨の姿はない。

そういえば氷雨は目当ての本を見つけられたのだろうか。幸太は雑誌を戻し、氷雨を捜して店内を歩く。

しかし、何度店内を巡っても、氷雨は見つけられなかった。

＊＊＊

「コーくん、おっ昼だよー！　愛妻弁当だよー！」

四時間目が終わるなり、二愛が弁当箱を手に幸太のクラスに現れた。

クラスメートがざわつく。「クリスちゃんがいるのに」という囁き声まで聞こえる。まるで幸太が悪いみたいな雰囲気だ。勘弁してほしい。

二愛はニコニコしながら幸太の机に弁当箱を置いた。

「昨日、コーくん全然帰ってきてくれないから、作った料理、持って帰ってきたんだ。やっぱりコーくんと一緒に食べて反応見たいし」

「あ、あのさ、二愛」

「ん、何？」

「その、俺ん家に勝手に入って料理するのやめてくれないか……？　弁当を作ってくるのも、いきなり持って来られると迷わぐ——!?」

「え、何言ってんの、コーくん」

二愛の手が幸太の顎をがっちりと捕らえていた。

毎日、粘土を捏ねていると思われる手は凄まじい握力で幸太の顔を圧迫してくる。頬には指がめり込んでいた。

瞳孔の開いた瞳が幸太を覗き込む。

「コーくん、わたしと結婚するんでしょ。だったらコーくんの家はわたしの家も同然だよね。わたしがわたしの家で料理して何が悪いのかな？　しかも作っているのはコーくんが食べるものなんだけど勝手に料理されるのが嫌だったら早く帰ってきてわたしと一緒にいればよかったじゃん。お弁当を作って持ってきたのはいきなりじゃないし昨日ちゃんと言ってるしそれを無視して遅く帰ってきたのはコーくんだし不満を言いたいのはコーくんに放っておかれたわたしのほうなんだけどちゃんと謝ってくれないとわたし、怒っちゃうよ？」

「……ずみばせんでした」

ぱっと二愛は手を離した。何事もなかったようにエヘへと二愛は笑っている。幸太はこめかみに伝った汗を拭った。

「お弁当の中身はね、豆腐ハンバーグだよ。それから大根の煮物に……」

「お、おお……美味しそうだな」

二愛に促されるまま、幸太の右側で手作りの弁当を広げる。

二愛は幸太はテリヤキソースのかかった豆腐ハンバーグを口に入れた。お子様向けの味付けだが、それがまた食欲をそそられる。

二愛の弁当を食べていると、ドン、と幸太の机の左側に三段重ねのお重が置かれた。

「はっ、随分安上がりなものを作ってきたみたいね、北大路二愛！」

クリスだった。彼女は腕を組んで、得意げな笑みを浮かべている。

「コータとお昼を食べるためにお弁当を持ってきてて正解だったわ」

彼女も昨日の放課後に二愛が言ったことを聞いていたのだろう。

クリスがお重を開けた。

現れたのは伊勢海老、アワビ、キャビア、フォアグラ、ローストビーフ……。

「おせち料理かっ！」

幸太は盛大にツッコんだ。

「ものすごく既視感あると思ったら、これ、あれだ……スーパーで一番高いおせちだ……頭付きの伊勢海老が入ってるやつ……」

「クリスちゃん季節感なさすぎ。ウケるー」

「は、はあっ⁉ なんでうちの三ツ星シェフが作った豪華三段重をバカにされなきゃならないのよ⁉」

憤然と座ったクリスは幸太の口にステーキを押し込む。

「んぐうっ⁉」

「ほら、コータ。これが最高級のシャトーブリアンよ。豆腐ハンバーグより断然美味しいでしよ⁉」

「どれどれ、わたしも食べちゃお。伊勢海老いただきー」

「あっ、ちょ！ 勝手に取ってんじゃないわよ。あんたに食べさせるために持ってきたんじゃないんだから！」

わーわーと二愛とクリスが騒ぐ中、幸太はステーキを咀嚼していた。

ごくん、と飲み込んだ幸太は口を開く。

「あのさ、二人とも、ありがとう」

伊勢海老を取り合っていたクリスと二愛が首を回した。

「弁当、どっちも美味しいよ。二人の気持ちも嬉しいし……」

「コータ、『どっちも美味しい』ってどういうことよ。なんで最高級食材を使ったわたしのお弁当が、この安い弁当と同じ評価なの？」

「高級フレンチと手作りの定食屋じゃ優劣の付けようがないだろ。どっちも旨かったんだからそれでいいだろうが」

「クリスちゃんのは手作りじゃないもんねえ。わたしのお弁当は手作りだから愛情たっぷりだよ」

「は？　本当に愛情があるなら、安い材料と素人の技術で作らないでしょ。最高に美味しいのを食べさせるのが愛情じゃない」

幸太の机で二愛とクリスは口論を始めてしまう。

はあ、と幸太は持ってきていた自分の弁当を出した。おかずが増えたのは喜ばしいが、この口論の中食べるのはいかがなものか……。

「し、失礼しますっ」

幸太も、クリスも、二愛も、顔を上げた。

正面に佇むのは毅然とした表情の氷雨。しかし、表情とは裏腹に彼女の膝はガクガクと震えていた。

三対の視線を浴び、氷雨は一息に言う。

「わたしもお昼をご一緒してよろしいでしょうか――？」

ざわっと教室が揺れた。

大珍事だ。

誰に誘われても断り、いつも自席で一人、食事を摂っている氷雨がだ。幸太と付き合っているときも、氷雨は交際が周囲にバレるのを恐れ、一緒にお昼を食べることはまずなかった。

その彼女が何故、今、この混沌に加わろうとしているのか――。

呆然と幸太は返す言葉を失っていた。ただ、幸太のポケットにあるスマホだけが激しく震えている。

幸太の無言を否定と取ったのか、氷雨は瞳を鋭くする。

「聞けば、北大路さんもウエストウッドさんも幸太くんと昼食の約束を取り付けていたわけではありません。二人は半ば押しかけるようにして今、幸太くんと昼食を摂っているのです。そして、二人はどちらも幸太くんの恋人ではありません。わたしと立場は同じです」

氷雨は幸太の机に自分の弁当箱を置いた。

「なら、ここにわたしが加わっても何も問題はないでしょう」

幸太のスマホはまだ震えている。あまりの煩さに幸太は電源を落とした。

(問題はあるんだよなあ……。ここに氷雨が加わったら、俺がクリスと二愛だけじゃなく氷雨にまで迫られてるみたいじゃないか……)

証明を終えた氷雨は、幸太の正面にイスを持ってきて座る。弁当箱を開け、氷雨は優美に箸を取った。

「いただきます」

「……」

「……」

「……あなた、他に言い方あったでしょ」

「ところで、先ほど幸太くんは二人のお弁当を味見していましたね」

「世界のクリスティーナ・ウエストウッドをスルーしてんじゃないわよ！」

歯軋りするクリスにも構わず、氷雨は「どうぞ」と幸太に自分の弁当箱を差し出す。

「わたしが作ったのです。是非、幸太くんに味見していただきたいです」

幸太は氷雨の弁当を見て渋い顔になった。

氷雨が味覚音痴で、すべてのおかずが常識外れに甘いのを幸太は知っている。

「いやあ……」と幸太が誤魔化そうとしたとき、氷雨が冷たい声で言う。

「北大路さんの手作りは食べていましたよね？　北大路さんとわたしにどんな差異があるのでしょう。何故、幸太くんは北大路さんのお弁当は食べ、わたしのお弁当は――」

「わかった。わかったから。……いただきます」

観念して幸太は氷雨の弁当に箸を伸ばした。卵焼きをチョイスする。甘くても極力ダメージが少ないものだ。

案の定、氷雨が作ったそれはお菓子みたいに甘かったが、卵焼きなので、そういうものだと思えばいける。

「うん、甘くて美味しいよ」

「……ありがとうございます」

消え入りそうな声で言って氷雨は目を伏せた。

その隙に二愛が素早く箸を伸ばす。

「えへへ、エビフライゲット～！　やったね！」

二愛は氷雨の弁当からエビフライを奪っていた。「あーん」とそれに上機嫌で齧りつく。途端に笑顔が消えた。

「甘い……？　どう見てもエビフライなのに、甘い？？？」

異星人に遭遇したみたいな顔で、食べかけのエビフライを凝視する二愛。幸太とクリスは気付かないフリをして自分の弁当を食べ続けた。

「ねーこの子、誰？」

二愛が幸太に訊いた。氷雨のことを言っているのだろう。そういえば二愛は氷雨とまともに会話したことがなかったか。

「東城さんだよ。俺と同じ学級委員をやってる」

「東城氷雨です」と氷雨は名乗った。

二愛がぱちぱちと瞬きをする。

「とうじょう、ひさめ……？」

「何か？」

「あの、とうじょうひさめ？　常盤幼稚園で一緒だった」

「っ」

氷雨が息を呑んだ。

「わーびっくり！　憶えてるよ、ひさめちゃん。昔はショートカットだったよね。全然わかんなかったよ」

二愛のハイテンションについていけないのか、氷雨は黙したままだ。食事の手も止まっている。

「コーくんも憶えてない？　わたしたちのラーメン屋さんごっこにお客さんでいたじゃん。コーくんがひさめちゃん連れて来るんだけど」

「あ、ああ……そうだったみたいだな」

「ひさめちゃん、いっつもラーメンにヘンな感想言うの」

空気が停滞した気がした。

氷雨は凍りついた表情で俯いている。

それに気付いていないのか二愛は笑顔で続ける。

「ツタが黄金比とか、花びらの枚数が何とか数列とか、誰にもわかんない感想言って――」

ガタンッ、と。

気付いたときには氷雨は教室の出口へ向かっていた。長い髪がなびく。

（氷雨……！）

彼女を追うべく幸太は立ち上がる。

その肩をクリスが止めた。

「ここはわたしに任せて」

クリスは真摯な顔をしていた。

「大丈夫。東城さんをさらに追い込んだりしないわ。わたしなら彼女の心を汲んで、落ち着かせられる」

「……頼んだ」

クリスは氷雨を追って教室を出ていく。

幸太は大きな息とともに座った。二愛が不思議そうに問う。

「どうしたの、ひさめちゃん？」

二愛に悪気はないようだ。まったく状況を理解していない。

「……東城さんに『ヘン』って言っちゃいけなかったんだよ」

以前デートで遊園地に行ったときの会話を幸太は思い出していた。

氷雨は「天才はヘンなことだから」と嫌がったのだ。彼女が「ヘン」という言葉に反応しているのは間違いない。

二愛(にあ)はますます首を傾(かし)げる。

「別に『ヘン』って悪いことじゃないよね。わたしの作品もたまにヘンって言われるけど、大体すごい値段つくよ。平凡より一万倍マシじゃない？」

「同感だよ……」

平々凡々な幸太(こうた)は遠い目になった。

はあっ、はあっ、と息が切れる。

廊下を駆ける氷雨(ひさめ)の姿に他の生徒たちが目を丸くしていた。向けられる視線にも構わず、氷雨(ひさめ)はひたすら走る。

心臓の音が嫌に速い。

水の中にいるみたいに呼吸が苦しい。

――いや、本当に苦しいのは心なのか。

昇降口まで来て氷雨(ひさめ)は足を止めた。下駄箱(げたばこ)に手をつき、乱れた息を整える。

まだ昼休みだ。昇降口に来る生徒はいない。

しん、とした空気に独りを実感する。

目の前が急速に滲んだ。涙が零れそうになったとき、

「――まさか敵前逃亡とはね」

後ろから声がした。

氷雨は振り向かなかった。今にも泣き出しそうな顔をクリスに見られたくない。

「あなたにしては頑張ったほうかしら。わたしと北大路さんの中に飛び込んでくるなんて、今までなかったものね」

悠々としたクリスの声が昇降口に響く。

「でも、あなたはやっぱり雑魚だった。あれしきのことで逃げ出すなんて――」

「あれしき、と言いましたか？」

思わず返していた。

クリスに何がわかるというのか。

何も知らないくせに。

この想いが、痛みが、わかるはずないのに。

「……もうおしまいです。北大路さんの言葉で、幸太くんは幼稚園のときのわたしを鮮明に思い出したに違いありません」

それは、消しゴムで消せるならすべて真っ白にしたい過去だ。

幼稚園。同年代との初めての集団生活。氷雨は家にいるときと同じように高等数学の知識を披露し、すぐに烙印を押された。

――ヘンな子、と。

「黄金比もフィボナッチ数列も幼稚園生がわかるはずもありません。わたしは愚かでした」

幼さ故に、氷雨は自分が他の同世代と明らかに違うのに気付いていなかった。

今ならわかる。皆と同じことが言えないのなら、初めから沈黙しておけばよかったのだ。そうすれば、何を言っているのかわからないと馬鹿にされ、陰口を叩かれることはない。ヘンな子と誹られることもない。

「ま、自分にとっての普通が、他人にとっては普通じゃなかったってこと、あるわよね」

「日本の高校に戻ると決めたとき、二度と幼稚園と同じミスはしない、と誓いました。わたしは生まれ変わって高校に入ってきたつもりだったのです。それが、あんな過去を暴露されてしまっては……」

他人と違うことを言わないよう、口を閉ざした。

他人と違う思考がバレないよう、表情を殺した。

幼い幸太の傍にいたあの子みたいに、髪を長く伸ばした。

これで大丈夫。忌まわしい過去の自分はどこにも残っていない。そうして幸太に近付いたのに――

「全部、壊されてしまいました……。真実は、過去は消せなかったのです。さっきので幸太くんもわたしを『ヘンな子』と思い出したでしょう。すべてが終わったのです」

わかってしまった。

もう幸太の恋人には戻れない。

どれだけ取り繕っても自分は『ヘンな子』なのだ。

こんな自分が、幸太と普通の恋人同士になれるはずがない。

(わたしがやってきたことは、空回りでした。塾も、笑おうとするのも、女狐たちに張り合うのも。わたしは幸太くんに想いも伝えられず、ただ醜態を晒しただけ)

昨日、彼と本屋に行ったときのことを思い出す。

氷雨が笑いのメカニズムについて書かれた医学書を持って戻ってきたとき、幸太はクリスの載った雑誌を見ていたのだ。

あの姿を見て理解した。

彼の心にはもう、他の女の子がいるのだと。

一緒に放課後を過ごすことで彼を独占したつもりだった。だけど、彼の心の中までは独占できなかった。

力なく氷雨は下駄箱に身体を預ける。

「……せめて、幸太くんには嫌われたくありませんでした。他の誰にどう思われようとも、幸太くんだけには――」

「バッカじゃないの？」

強い声が氷雨の耳朶を打った。

「あーあ、ほんとバカみたい。なんでわたしは少し前までこんな雑魚を敵対視していたのかしら」

「――」

「あなた、コータのこと全然わかってないわ」

胸の奥深くに、その言葉は突き刺さった。

「コータの名誉のために教えとくわね。コータは自分にないものを持っている人を貶したり、毛嫌いしたりしないの。あなたが普通と違うのは理解してると思うけど、コータはそれをマイナスとは思ってないわ」

呆れたようにクリスは問う。

「大体あなた、なんでコータのこと好きになったのよ」

え、と氷雨は掠れた声を出した。

「その口ぶりだと五歳のときから好きなんでしょ。黒歴史だったときから、あなたはコータを好きだった。それってコータが他の園児と違ったからじゃないの？」

幼稚園のときを思い出す。

誰とも遊べず、独りでいた自分。

そのとき幸太が自分を誘いに来てくれた。彼が出してくれたラーメンを氷雨は褒めた。自分の知識を、言葉を尽くして褒めたのだ。

氷雨の言ってることを理解できる園児は一人もいなかった。当然、幸太もわからなかったはずなのだ。

けれど、幼い幸太は何と言ってくれたか——。

（っ、そうです。幸太くんはわたしに「また来てね」と言ってくれました）

氷雨が「ヘンな子」だとわかったはずなのに。幸太は氷雨を受け入れてくれた。

しかも彼がラーメン屋さんごっこに誘ってくれたのはその一回だけではない。氷雨が独りでいると、彼は必ず自分を誘いに来てくれたのだ。

「ほらね。ヘンだから、なんて理由でコータはあなたを除け者にしなかった。彼が五歳のときから性格変わってると思う？」

氷雨は首を振った。

変わってない。高校でも幸太は幸太だった。それはわかっていたはずなのに——。

（わたしの不安は杞憂だったのですね……。幸太くんに悪いことをしてしまいました。彼の優しさを疑うなんて、わたしは——）

はあ、とクリスがため息をついた。

「まったく世話が焼けるわね。コータと鬱陶しい蠅を二人にしてきちゃったじゃない。早く戻らないと」

「待ってください」

金髪が振り向く。

氷雨は涙を拭って、ぎゅっと手を握った。

「……盟約の話はまだ有効ですか？」

この際、なりふりは構っていられない。

氷雨ができることはすべて試したのだ。それがこの結果だ。

（わたしは幸太くんに気持ちを伝えなければなりません。そのためなら、女狐と手を組むくらい何でしょうか。大事をなすには、です。一時の屈辱でわたしの望みが叶うのなら安いものでしょう）

いきなり現れて幸太の一番近くに収まったクリス。その手腕は伊達ではないと氷雨は実感していた。

「へえ、打つ手がなくなって、やっと乗り気になったってわけ？」

「わたしの策が尽きたのもありますが、あなたを少し信用してもよいと判断しました」

氷雨はクリスを見据える。

「幸太くんを理解しているならば、彼が嫌がるような背信行為はしませんよね」

「言うじゃない」

ふっとクリスは口元を歪めた。こっちに近付いてくる。

「一時的な協力関係です。目的が達成されれば、すぐに解消します」

「もちろん。わたしもあなたと馴れ合う気はないわ」

「それはよかったです。わたしも同感ですから」

「わたしが作戦を立てるわ。あなたはわたしの指示に従うこと」

「それで、わたしは幸太くんに気持ちを伝えられるのですね?」

そうよ、とクリスは手を差し出した。

「約束は守るわ、ヒサメ」

「盟約成立です、クリスさん」

氷雨はクリスの手を握る。

しかし、それはほんの一瞬のことで。二人はすぐさま互いの手を離すと、別々の方向に歩き出した。

四章

天才少女が考えた「好き」の伝え方

KONNA KAWAII IINAZUKE GA IRU NONI, HOKA NO KO GA SUKI NANO?

土曜日の朝。

幸太はワゴン車の助手席で車窓を眺めていた。

目ぼしいものなどない退屈な田舎の景色だ。ふあぁ、と欠伸をすると、運転席にいるハルトが声をかけてくる。

「幸太くん、まだ眠い？」

「あ、いえ……。休みの日は遅く起きることが多いので」

「眠たかったら寝てていいよ」

「ありがとうございます」

でも、と幸太は後部座席をちらと見遣った。

「あんまり寝れる環境じゃないですよね」

後部座席には氷雨、クリス、二愛がいて、さっきから非常に騒がしい。どうやらクリスと二愛がカーテレビのチャンネル争いをしているようだ。

「あっ、またチャンネル変えたわね、北大路二愛！　せっかくわたしが映ってたのに！」

「だって、クリスちゃん見たくないんだもん。わたし、ドラマが観たいな」

「はああっ、わたしを見たくないですって⁉　だったら車降りなさいよ」

「クリスちゃんが降りればよくない？　セレブなんでしょ？　タクシー使いなよ」

「どうしてわたしがコータと一緒に乗ってる車を降りなきゃいけないのよ⁉　降りるのはあんたよ、あんた！」

クリスと二愛は喚きながらプチ、プチとカーテレビのチャンネルを変えている。どちらも譲る様子はない。

埒が明かないとばかりにクリスは言った。

「ここは多数決にしましょう。ヒサメ、あなたはどっちが観たいの？」

おや、と思った。

クリスの氷雨に対する呼び方が変わっている。

二人がチャンネルを争う横で、氷雨はポリポリと細長いお菓子を食べていた。どことなくボーっとした表情で、眠たそうだ。朝、幸太を迎えに来たときからこんな感じだったので、もしかしたら朝が苦手なのかもしれない。意外だ。

「ひさめちゃん、何食べてるのー？　わたしにもちょうだい」

二愛が手を伸ばして、一本お菓子を取る。

それを口に入れるなり、二愛は微妙な顔になった。

「何これ、砂糖の塊……？」

「朝の糖分補給です」

ポリポリと無表情にお菓子を食べながら氷雨は言う。

「わたしは静かにしていただければどちらでも結構です」

「ちょっと」とクリスは氷雨に顔を寄せた。英語で言う。

「……あなた、なんでわたしの肩を持たないのよ」

「わたしはそういう『指示』は受けていません」

「盟約を結んでいるんだから、彼女じゃなくてわたしの肩を持つのは当然でしょ⁉ それくらい察しなさいよ！」

「はあ」と氷雨は気のない声を出した。

「では、訂正して、わたしはクリスさんの番組に――」

「不正投票！ 今話し合ってひさめちゃんの票を操作したよね」

ちっ、とクリスが小さく舌打ちした。

「コーくん。コーくんはどっちが観たい？」

「俺？ そもそも俺はテレビ見えないんだが」

「どっち？ 答えて」

ひやりとした手が首を這い、幸太は跳ねた。

二愛は幸太の真後ろから腕を伸ばしていた。彼女の両手がまるで絞め殺すみたいに幸太の首にかかっている。

幸太の背に冷や汗が滲んだ。

「お、俺は――」

「不正よ、不正！　北大路二愛がコータを脅して票を入れさせようとしているわ！」

「ヤダなあ。わたしは脅してなんかないよ。ね、コーくん？」

首にかかる手がきゅっと軽く締まる。

あ、ああ……と幸太は答えるしかなかった。

運転席でハルトは笑っていた。

「はは、モテるんだね、幸太くん」

「そんなはずないんですけどね……」

幸太は委縮した。

モテるというならハルトのほうがよっぽどモテそうだ。同性の幸太から見てもハルトはイケメンオーラが漂っている。

「なんか土曜日なのに、すみません。俺の『勉強合宿』のために」

塾の取り組みとして一泊二日で勉強合宿を行う。

氷雨からそう聞かされたとき、幸太はもちろん断った。合宿ということは、氷雨と二人でどこかに宿泊するのを意味している。さすがに同室じゃないと思うが、それでも元カノと二人で旅行なんてできない。

　そうしたら氷雨が提案してきたのだ。

　クリスと二愛も一緒ならどうか、と。

　近くにいたクリスが俄然乗り気になり、そこに二愛も加わり、幸太の拒否権は跡形もなく消え去った。

　そうして今、幸太たちは合宿所に向かうべく、ハルトの運転する車に乗っている。

「気にしないでいいよ。俺もじーちゃんに会うの楽しみだし」

「……じーちゃん？」

　幸太の疑問に答えず、ハルトは運転を続ける。

　後部座席ではいまだにチャンネル争いの声が響いていた。


「はーい、到着」

　ワゴン車は駐車場で停まった。

　幸太たちは車から降り、その建物を見つめる。

「温泉宿……？」

　合宿所と言うから味気ないところかと思っていたが、予想を裏切られた。太平洋が望める、なかなか風光明媚な宿である。

「はい、温泉旅館です。今日はここでお部屋を取ってあります」

氷雨は淡々と言って旅館へ歩いていく。

「わー温泉だ！　やったー！」

ハイテンションで歓声を上げ、一人で駆け出す二愛。ポニーテールが大きく揺れている。

クリスが呆れたように肩を竦めた。

「はしゃぎすぎでしょ、あの子。たかが温泉くらいで」

「そう言うおまえは温泉も家に付いてるのか？」

「ないわ。温水プールならあるけど」

「あーはいはい」

クリスの家に何があっても、今さら驚かない。

「ここの宿のお湯はお肌がスベスベになるらしいわ。露天風呂からは大平洋を一望できて、波がすぐ傍まで打ち寄せるんだとか。特に夕暮れの時間帯の露天風呂は絶景らしいわね。今日の天気は快晴。日没時刻は一六時三八分。絶好の――」

「めっちゃ楽しみにしてるじゃねえか！」

事前の調べ方が半端じゃない。二愛をバカにできないのでは？　と思う。

「コータと初めての旅行なのよ。わたしが楽しみにしてないとでも思って？」

クリスは腰に手を当てて幸太をじっと見つめてくる。

（そうか、確かに旅行は初めてだもんな……）

今日のクリスの服装だと、近くに寄られると胸元が見える。クリスから視線を逸らし、幸太は頬をかいた。

そこに氷雨がぬっと顔を出す。

「旅館へ移動してください」

すごい圧だった。

「はい……」と幸太は歩き出す。

幸太の背中を見送り、氷雨はクリスに目を遣った。英語で囁く。

「わたしはあなたの指示通り、旅館を手配しました」

「上出来よ。後はわたしに任せてちょうだい」

クリスはウインクし、幸太へ駆け寄っていく。

「はあ……」と氷雨は微かに眉を寄せ、二人を追った。

旅館のフロントで氷雨はほとんど顔パスだった。面倒な手続きや館内の説明もなく、部屋の鍵をもらっている。

ハルトは氷雨に言った。

「じゃ、俺はじーちゃんのとこ行ってるから」

氷雨はそれに一つ頷き、ハルトはそのまま旅館の奥へさっさと行ってしまう。勝手知ったるという感じだ。

わけがわからない顔になる幸太へ氷雨は鍵を差し出した。

「これは幸太くんの部屋の鍵です。隣の部屋にはわたしたち三人がいますので」

「えっと、東城さんはこの旅館の常連なの？」

「説明が遅れました。ここはわたしの祖父がやっている旅館です。わたしも何度も来たことがあります」

「ああ、それで旅館の人はみんな東城さんを知ってるわけだ」

そこでふと気付く。

「あれ？　じゃあ、ハルトさんは……」

「……わたしの兄です」

あー、と声が出た。よく考えれば氷雨の家にいたんだから、氷雨の身内に決まっている。

「お部屋へ向かいましょう。ご案内します」

氷雨を先頭に、幸太たちは旅館の奥へ向かった。

案内された部屋は四人くらい寝られそうな広々とした和室だった。ここを幸太一人で使っていいらしい。なんだかもったいない。

内装は年季を感じさせるが、綺麗に清掃されている。

ベランダに近付いた幸太は「おー」と声を上げた。

部屋からは青く輝く海が見えた。ベランダを開けると波の音がする。幸太の家の近くにも海はあるが、やはり旅館から眺める海は格別だ。非日常って感じがする。

景色を眺めて旅行気分に浸っていると、

「あ、コーくんだ」

「うわっ！」

いきなり目の前に二愛が現れた。

二愛はベランダを仕切る板に乗って身を乗り出している。ショートパンツから覗いた太腿が眩しく、今にもこっち側にやってきそうだ。

「こっからコーくんの部屋行けるんだー。ふーん」

「こら、北大路さん、そこから出入りするのはやめてください」

「北大路二愛！　勝手にコータの部屋覗いてんじゃないわよ！」

クリスと氷雨の声まで聞こえる。

幸太はベランダを閉めた。カーテンも閉める。

「あれ、コーくん。もしかして照れ屋さん？」

「ちげーよ。覗かれてたら普通に嫌だろうが！」

まったく、と思う。

一泊二日なので、荷解きをするほど荷物は持ってきていない。テーブルの上にあったティーバッグのお茶を淹れて一息ついていると、コンコンとドアのほうからノックがした。

ドアを開けると、分厚い紙の束を抱えた氷雨がいた。講師っぽくスーツ姿だ。その後ろにはクリスと二愛もいる。

「幸太くん、お部屋にお邪魔してもよいですか？」

「ああ、どうぞ」

「失礼します」と氷雨たちは入ってくる。

三人はテーブルを囲んで座布団に座った。席順で少しモメたが、彼女たちは席に着く。

立ち尽くしたままの幸太を見上げ、氷雨は言った。

「幸太くん、座ってください。ここに来た目的を忘れたのですか？」

「目的？」

「これは『勉強合宿』です」

芝居がかった仕草で氷雨は伊達眼鏡をクイっと持ち上げた。

「そろそろ追試も近付いてきたので、模擬テストを作ってみました」

「模擬テスト⁉」

「各教科の出題傾向を読んで作ってあります。まったく同じ問題が出る保証はありませんが、これで満点を取れれば、追試でもよい点が取れるでしょう」

どうぞ、と正面に正座する氷雨は幸太に紙の束を差し出す。

受け取った幸太はパラパラと中を見た。

六教科分ちゃんとあって、本物の試験問題みたいだ。

「これ……ほんとに東城さんが作ったの？」

氷雨がわざわざ自分のために模擬テストまで作ってくれたのに幸太は少し感動していた。いくら氷雨が規格外に頭がよくても、手間がかかっただろう。

「へえ、よくこんなの作れたわね」

斜め向かいにいるクリスも身を乗り出して覗き込んでいた。素直に感心しているようだ。

「そ、それは、幸太くんに留年されてはわたしも困りますので」

氷雨は照れたようにモジモジしている。

「いやマジで、もし俺が留年しても東城さんのせいじゃないから、気にしないで」

「気にします！　幸太くんと同じ学年でなくなったら、わたしは何のために……」

「……何のために？」

唐突に言葉を止めた氷雨に、幸太は訊き返す。

氷雨は視線をグルグルとさせた後、「な、何でもありません……」と続けた。

「模擬テスト助かるよ。ありがとう、東城さん」

「お礼には及びません」

「一つ質問していいかな？」

「はい、どうぞ」

「最後のこの問題、何？」

模擬テストの最後には方眼紙があり、グラフを描く問題があった。

数式が延々と羅列されていて、幸太は一目見ただけで拒否反応を起こしそうである。

「そっ、それは……！」

氷雨が上擦った声を出した。顔を赤くした彼女は目を落とす。

「こ、幸太くんがどこまで学力が上がったか試す問題です。最後に解いてみてください……」

クリスは氷雨に胡乱げな視線を注いでいた。

わかった、と幸太は頷く。

勉強合宿本来の目的を果たすべく、幸太は模擬テストに取りかかった。氷雨は幸太の解き終わった問題を赤ペンで丸付けする。クリスはスマホをいじり、二愛は幸太の横でお絵描きをしていた。

しばし後、氷雨が幸太に答案を返す際に言った。

「幸太くん……『月が綺麗ですね』」

「月……？」

「はい。月が綺麗です……」

幸太は氷雨を見つめた。彼女の頬が急速に染まっていく。

氷雨の横で、クリスはスマホをいじる手を止めて眉を持ち上げていた。

幸太はベランダを見た。まだ昼前なので、空には薄い青が広がっている。月は見えない。

二愛がベランダに寄って外を見る。

「なになにー、月が見えるの？」

「ひさめちゃん、月、どこにあるの？　見えないよ？」

「な、何でもありませんっ」

氷雨は頭から湯気を出して俯いた。

クリスが肩を竦める。

「ねえ、ひさめちゃん、ここ本当に温泉なの？」

「どういう意味でしょう？」

「だって、全然ゆで卵の匂いがしないじゃん」

「ここの温泉は硫黄泉ではありません。硫黄の匂いがしなくとも――」

はっ、と氷雨が何かに気付いた顔をした。

「幸太くん、硫黄、ウラン、カリウム、ヨウ素です」

「？」

幸太にはさっぱりわからない。

「えーっと、温泉の話？」

「違います。ですから、硫黄、ウラン、カリウム、ヨウ素なのです……！」

氷雨は声を振り絞るようにして言っている。

クリスは苛立った表情でトントンとこめかみを叩いていた。

「ごめん、東城さん。温泉じゃないなら、何の話？」

ううううう、と氷雨は真っ赤になって呻いた。

「な、何でもありませんっ！」

休憩です！　と言った氷雨は逃げるように幸太の部屋を出ていく。

クリスは首を振り、二愛が「わー、コーくん遊ぼ！　旅館探検に行こう」と寄ってきた。

休憩を宣言した氷雨は隣の自分たちの部屋に帰っていた。

座布団に座り、深いため息を洩らす。

（ううう、全然伝わりませんでした……。何故、わたしは失敗してしまうのでしょう）

「失敗して当たり前でしょ。どうしてあれでコータに伝わると思ったのか、そっちのほうが謎だわ」

気付けばクリスが居間の入り口に佇んでいた。腕を組んだ彼女は呆れた表情をしている。

「わたしは幸太くんを前にすると素直に気持ちを言えません」

「知ってるわ」

「ですが、気持ちを代替する言葉なら言えるかと思ったのです。事実、それらはきちんと言うことができました」

「問題は、その代替の言葉がコータに伝わらなかったことね」

クリスは長い髪を指に絡める。

「夏目漱石が『I love you』をどう翻訳すればいいかと訊かれたときに、『月が綺麗ですね』とでも書けばいいと言った逸話。これ、どれくらいの人が知っているのかしら。少なくとも、コータみたいな文学とは縁遠い人は知らないわよね」

正論に氷雨は肩を落とした。

「それと、硫黄、ウラン、カリウム、ヨウ素って何？」

「元素記号です。硫黄はS、ウランはU、カリウムはK、ヨウ素はI——」

「そんなのとっくに気付いてるわよ！　そうじゃなくて、どうしてコータがそれに気付くと思ったのよ!?」

「……すみません、わたしが咄嗟に思いついたので……」

クリスは眉間を揉んでいた。

「あのねえ……仮にそれで気持ちが伝わったとして、そんな色気のない告白、ある？」

「で、ですが、まだわたしの策は残っています」

「策？」

「幸太くんに渡した模擬テストの最後に、グラフを図示する設問があります」

「あれ何？」

「あの問題の正答はこうなります」

氷雨は方眼紙に答えを描いてみせた。

X軸とY軸で区切られた四つの枠。その中に一文字ずつひらがなが入っている。

『すきです』

あああ、とクリスが頭をかき回した。ツインテールが乱れ、彼女の顔はピクピクと引きつっている。

「あなたもコータも恋愛偏差値低すぎじゃない!?　どうしてそういう発想になるの？　天才と馬鹿は紙一重ってよく言ったものだわ！」

「幸太くんも低いのですか？　少し安心しました」

「安心してどうするのよ」

　クリスはずい、と氷雨に顔を寄せる。

「あなた、その問題、コータが解けると思う？」

「幸太くんの既習の範囲内で作りました」

「コータは数学が苦手よ。前回の点数は十八点。既習の範囲だからって、そんな複雑なグラフ問題、正答に辿り着けるとは思えないわ」

　氷雨は俯いた。

（わたしは幸太くんがちゃんと勉強していれば解けるものを作ったつもりだったのですが、そうですか……。幸太くんの学力はそこまで向上していないかもしれません）

「あなた、わたしを信用していないの？」

　クリスが苛立ったように訊いてくる。

「そんなことしなくても、わたしがあなたの気持ちを伝えてみせるわ。それがわたしたちの盟約だったはずよ」

「すぐに信用するほうが無理だと思われます」

　はっ、とクリスは肩を揺らした。

「クリスさんの作戦の全容をわたしは知りません。クリスさんの指示は、幸太くんを勉強合宿に誘うこと、この旅館に部屋を二つ用意すること、それだけでした。それで本当にわたしの希望が叶うのか不安です」

「気持ちを伝えるには勢いがいるわ。事前に何が起こるかわかっていたら、勢いもつかないでしょう？」

氷雨はベランダを見た。

午前中の太陽を浴びた海は眩しいほど青く、どこまでも広がっている。

「せっかく幸太くんと一日中いられるチャンスなのです。わたしはわたしなりに努力したいのです」

勝手にすれば、とクリスは部屋を出て行った。

氷雨は小さく息をつく。頬を両手で触って、熱が残っていないのを確かめると、彼女も立ち上がった。

まだ勉強合宿は始まったばかりである。

数回失敗したくらいでめげてる場合じゃない。

＊＊＊

「へーこの旅館、大浴場と露天風呂があるんだね」

お絵描きも飽きたのか、二愛は寝そべって旅館の館内案内を見ていた。パタパタと脚を動かしている。

「はい、大浴場は内湯です。露天風呂からは海が見えます。どちらも源泉かけ流しの温泉です」

「入浴時間は午後二時から……って過ぎてるじゃん！」

時計を見て、二愛はぱっと起き上がった。

「ねーコーくん、お風呂行こー」

「っ⁉」

二愛が後ろから抱きついてきた。

吐息が耳をくすぐり、幸太は動けなくなる。

ゴホンっとクリスが大仰に咳払いした。

氷雨は白い冷気を漂わせる。部屋の温度が下がった気がした。

「北大路さん、幸太くんは勉強中です。邪魔しないでください」

「えー温泉来て温泉入らないの？　バカじゃないの？」

「温泉に入らないとは言っていません。幸太くんから離れるよう言っているのです」

「コーくん、大浴場と露天風呂、どっちがいい？」

「露天風呂は夕暮れ時がいいわ。今行くとしたら大浴場ね」

「クリスさんまで」

氷雨がジロと隣を睨む。

幸太は「まあまあ」と宥めた。

「温泉に入って休憩するのはアリだと思うけど」

「……幸太くんがそう言うのであれば」

「わーい、コーくん、洗いっこしようね」

「洗いっこ⁉」

「なんて破廉恥な……！」

「させるわけないでしょー⁉」

三者三様の叫びが重なった。

二愛はきょとんとしている。

「なんで？　コーくん、洗いっこ嫌い？」

「嫌いとかそういう問題じゃなくて！」

「大浴場も露天風呂も混浴ではありません。大浴場は男女で別れていますし、露天風呂は時間による男女入れ替え制です」

「ええっ、じゃあコーくんと一緒にお風呂入れないじゃん！」

一大事だとばかりに叫ぶ二愛。

「コーくんと温泉でイチャイチャするつもりだったのに！」

「おい」

「どうしてわたしやヒサメがいるのに、そんな行為に出られると思ったのかしら」

クリスはピキピキと青筋を立てていた。クリスの横では氷雨も頷いている。

「え、だって、わたしは許嫁だよ？」

二愛は幸太を抱く腕に力を込める。

「クリスちゃんたちみたいな、あやふやな関係じゃないから」

ブチ、とクリスからキレた音がした。

「あなたねえ――」

「わ、わたしだって……！」

氷雨が堪えきれなくなったように声を出す。

二愛もクリスも幸太も彼女を見た。氷雨はテーブルの上に置いた手を震わせ、口を開く。

「……わ、わたしだって、い、許嫁、です……」

「は？」

二愛の声が酷薄に響いた。

幸太から腕を解いた二愛は氷雨の傍に寄ると、彼女の顔を覗き込む。

「ひさめちゃん、コーくんといつ婚約したの？」

「……五歳のときです」

「何言ってんの？　そのときコーくんといつも一緒だったのは、わたしだよ？」

「わ、わたしの婚約は、母が決めたのです」

「へー」

委縮する氷雨(ひさめ)に、二愛(にあ)はひどく意地悪い表情を浮かべる。

「コーくんとわたしが仲良しなのを知ってて、裏から手を回したんだ？」

「っ、そんな、わたしは……」

「あーあ、ひさめちゃんがそんなズルい子だとは思わなかったなあ。わたしから直接奪えないからって、親に頼むなんて――」

「ズルいから何なの？　わたしたちそもそも、ルールのある勝負をしていたかしら？」

二愛(にあ)の目がクリスに突き刺さった。

クリスは鼻で笑う。

「どんな手を使ってもいいじゃない。要はコータを振り向かせればいいわけなんだし」

「……その言葉、後悔するよ、クリスちゃん」

「あのう……」

幸太(こうた)はおずおずと手を挙げた。

「俺は割とマジで風呂(ふろ)に行きたいんですが」

修羅場は女子だけでやってくれ。

大浴場から出た幸太は湯上がり所のセルフサービスで麦茶を取った。

キンキンに冷えた麦茶だ。喉に流し込むと、冷たさが火照った身体にしみ込んでいき、心地よい。

「ふう……」

大浴場は貸し切り状態だった。

露天風呂が自慢らしいが、広いお風呂を独り占めというのも贅沢なものである。景色は見えずとも温泉はしっかり堪能できた。

麦茶をおかわりして喉を潤しているときだった。

廊下の向こうからイケメンがやってきた。

「あ、ハルトさん」

「幸太くん、もう温泉入ったんだ。大浴場、悪くなかったでしょ？」

「はい、ちょうど他に誰もいなかったので、一人で温泉堪能してました」

「この時間はね、まだ宿泊客もほとんど来ていないから狙い目だよ」

そう言う彼も温泉グッズの入った手提げを持っている。大浴場に入りに来たんだろう。

「あの、ハルトさんって氷雨のお兄さんだったんですね」

ああ、とイケメンは屈託なく笑った。

「ひーたんから聞いたんだね」

「ひーたん……」

「最初はちゃんと名乗らなくて悪かったね。東城晴人です」

いえ、と幸太は返す。

あのとき彼が氷雨の身内とわかって、あそこが氷雨の家だと気付いたら、幸太はすぐ逃げ帰っただろう。そうしたら追試対策はどうなっていたかわからない。

「幸太くんのことはひーたんからよく聞いてるよ」

「えっ。何を聞いているんですか？」

「学校での出来事とか。大したことじゃないから気にしないで」

「気になるじゃないですか……」

「はは。とにかく俺は、ひーたんと付き合ってたキミと会えてよかったよ」

幸太は目を逸らしていた。

なんというか、気まずい。だけど、幸太は氷雨の身内に訊きたいことがあった。

「晴人さんはその……俺と氷雨の婚約を知っていますか？」

「――もちろん」

「俺たちの婚約、どう思います？」

「どうって？」

「賛成なのか、反対なのか。何か意見があるとか……」

婚約が決まったのは五歳。その頃はまだ、氷雨も幸太もどんな風に成長するかわからなかっただろう。

でも、十五歳になった今、氷雨は才色兼備で幸太は平々凡々である。釣り合いが取れていないのは誰の目にも明らかなはずだった。

それを氷雨の家はどう思っているのか——。

「幸太くん、昔話をしようか」

晴人は湯上がり所のベンチに腰を下ろした。促されて幸太も近くに座る。

「ひーたんは昔から天才だったんだ。俺とひーたんは六歳離れてるんだけど、ひーたんが三歳のとき、俺の算数の宿題を解いたんだよ。小学三年生が三歳に算数で負けるなんてありえないだろう？」

「はは、すごいですね……」

「うん、本当にすごい子だった。ひーたんは一般的な子とは学習速度とか物の観方とかが違ったんだよ。家では俺も両親もひーたんの特性を理解していたし、家族だったからね、ひーたんの才能を受け入れられた」

でも、と晴人は続ける。

「幼稚園じゃダメだった」

湯上がり所に重苦しい空気が流れた。

大浴場前の廊下は仲居さんが通り過ぎていくだけだ。しん、と静まり返っている。

「ひーたんは幼稚園に通って、だんだん無口になっていった。たぶん、自分の言ったことを誰もわかってくれないからだろうね。表情も乏しくなって、ほとんど笑わなくなった」

「っ、それって今も——」

「そうだよ。ひーたんは自分を守るために、必要最低限しか話さないし、感情を表に出すこともしない。からかわれるから嫌なんだって」

だから、教室でもあんな態度なのか、と幸太は納得した。

おそらく氷雨は話しかけてきた生徒にあえて素っ気なくしているのだろう。

長い会話をしないのは、感情を出さないのは、「ヘン」と思われないためだ。他人と違うことがバレなければ、「ヘン」とは思われない。

自分を出して疎外されるより、自分を殺すことを氷雨は選んだのだ。

「残念ながら幼稚園はひーたんにとって苦痛に満ちた場所でしかなかった。だけど、あるときからひーたんは幼稚園に行くのを嫌がらなくなる。一緒に遊んでくれる子ができたんだって。その子の名前は『こうたくん』」

「――」

「ひーたんに友達ができて、うちの両親は喜んだ。親としてはそりゃ娘に楽しい学校生活を送ってもらいたいからね。その頃、ちょうどキミのお母さんがうちに物件を借りに来た。その際ひーたんが『こうたくんが好き』って言ったらしいんだよね。それにキミのお母さんが『じゃあ、うちのお嫁さんになる？』と返して、婚約の話が半分冗談みたいに纏まった。うちの母親もキミには感謝していたから、物件を身内価格で貸すのにも快く了承したし」

「氷雨との婚約にそんなエピソードが……！」

新事実だ。

どうして豪山寺家だけにメリットがある婚約なのか、やっとわかった。まさか幼稚園の自分の行いが大きく関わっていたとは――。

「だからね幸太くん、俺はキミたちの婚約に反対はしないよ。幸太くんがひーたんを救ったのは紛れもない事実なんだから」

「救った、ですか……」

そう、と晴人は吐き出す。

「一人きりの女の子に手を差し伸べたんだ。ひーたんにとってキミはヒーローだよ」

幸太は難しい顔になっていた。

自分は「ヒーロー」なんて柄ではない。氷雨の錯覚だ。

自分のことだからわかる。幼い幸太は正義感から氷雨を遊びに誘ったんじゃない。たぶん氷雨が一人でいて、遊びに加えやすかったから。そんな単純な理由だったはずだ。

（もしかして、氷雨が俺との婚約を解消したがらないのって——）

その謎はいまだに解けていない。

だけど、手掛かりは摑めた気がした。

晴人が大浴場へ消えてから少しして、

「はー、温泉気持ちよかったわ～」

「大変いいお湯でした……」

「ひさめちゃん、今度おじいちゃんにマーライオン付けるように言っといてね」

女湯から三人が出てきた。

幸太はドキリとする。三人は旅館の浴衣に着替えていた。女性用の浴衣はバリエーションがあるらしく、三人とも違った色を着ている。

「コータ、男湯はどうだった？」

クリスは臙脂色の浴衣を着ていた。彼女の金髪が深い赤によく映える。さすがモデルと言うべきか、華やかさでは誰にも負けない。

「お待たせしました、幸太くん」

氷雨は濃紺色だ。大人っぽい彼女にはやはり落ち着いた色調が似合う。洗い立ての黒髪を横で一つに結んでいて、どことなく色気を感じさせる。

「男湯にはマーライオンあった？」

二愛は黄緑色を着ていた。髪は頭上でお団子にしている。活発な彼女らしいスタイルだ。てか、マーライオンって何だよ。そんなの純和風の温泉にあるわけないだろ。

浴衣の女子たちに囲まれ、幸太はたじろぐ。湯上がりの彼女たちは石鹸のいい香りがしていて、肌がほんのりピンクに染まっている。上手く言葉を返せないでいると、三人の手が幸太の腕を取った。

「あっちに卓球台があるわよ。やりましょう」

「わー、卓球やるやるー」

「勉強合宿なのですが、仕方ないですね……」

三人に引っ張られるようにして幸太は卓球台へ向かった。

「卓球はとても久しぶりです」

台を挟んで立つのはクリスと氷雨だ。

氷雨はラケットの握り心地を確かめるように手を開閉させている。

幸太と二愛は卓球台の横に立っていた。審判の位置である。

「あまりここには来ていなかったの？」

「温泉には入っていましたが、卓球は……」

「わたし、卓球はオリンピック選手に習ったことがあるのよ。ヒサメからでいいわ」

「さすがセレブ。謎の人脈……」

「オリンピック選手に習うのと、オリンピック選手になるのって全然違うよね」

ジロ、とクリスが二愛を睨んだ。

氷雨がピンポン玉を取る。

「では、いきます」

クリスが構える。

ピンポン玉をトスした氷雨は大きく腕を振った。

コン、コン……とピンポン玉が床に転がっていた。氷雨は瞬く。

「……あら？」

「空振りね」

クリスが呆れたように言う。

「いいわよ。もう一回サーブして」

「すみません。では、もう一度いきます」

クリスが構える。

再度、ピンポン玉をトスした氷雨は大きく腕を振り——再び空を切った。ピンポン玉が床に転がる。

「……あら？」

「あああ、せっかくコータにいいとこを見せようと思ったのに、これじゃ全っ然見せられないじゃない！」

クリスが苛立たしげに叫んだ。

「おまえ、そんな目的で卓球やろうとしてたのか……」

「そうよ。悪い？」

いや、ドヤ顔をされても……。

二回とも大きく空振りした氷雨はよくわかっていない状態らしい。床のピンポン玉を不思議そうに眺めている。そういえば氷雨が運動で活躍した話は聞いたことないな、と思った。

「あーもう、選手交代よ。コータが相手になって」

幸太は氷雨からラケットを受け取って、クリスと対峙した。

自信満々に彼女は幸太を見つめてくる。

「コータからサーブでいいわよ」

「オーケー」

幸太はトスし、打ち込む。

ピンポン玉はちゃんとクリスのコートに入った。すかさずクリスは打ち返してくる。

(言うほど、とんでもなく強いわけじゃない……？)

ラリーが続き、幸太は思った。

(雲泥の差があるなら一瞬で終わるはずだし……クリスにも隙がある)

「と、思うでしょ？」

「っ⁉」

クリスは嗤う。彼女の届かない場所を狙ったつもりが、的確に返されていた。

まさか、と思う。

幸太はクリスの特性を知っている。

普通の人には無理でも、彼女なら不可能ではない。

(クリスは、俺がどこへどれだけの強さで打ち込むか正確に把握しているんじゃ……⁉)

「当たり☆」

ピンポン玉が幸太の横を駆け抜けた。

コン、コン、とボールが床で跳ねている。一点を取られていた。

クリスは新たなピンポン玉を手にする。

「今度のサーブはわたしから——」

「いや、待て」

幸太は手を挙げた。

「選手交代だ。結果はもう見えてるだろ」

心の中が筒抜けなのに勝てるはずがない。クリスは幸太の動きをすべて先読みできるのだ。

幸太はあっさりと白旗を振った。

「えー、コーくん負けちゃったの？　じゃあ、わたしが仇を取ってあげるね」

二愛は幸太からラケットを取ると、卓球台の前に立つ。

「ふっ、あなたで仇を取れるかしら？」

「やってみなきゃわかんないよね」

「サーブ権はあげるわよ。いつでもかかってきなさい」

「じゃあ、遠慮なく——」

二愛はボールをトスすると、

「ふんっ！」

力の限りラケットを振り抜いた。

瞬間、轟、とピンポン玉が唸りを上げる。凄まじい加速を果たしたボール。それは瞠目した

クリスの顔の真横を弾丸のように飛来し、背後にある壁に叩きつけられた。

ぽとり、とボールが床に落ちる。

恐るべきことに、叩きつけられた拍子にピンポン玉は半分ほどひしゃげていた。

しばしの沈黙が流れ、クリスが低い声で言う。

「……あなた、卓球のルール知らないの？　台にワンバウンドさせるのよ」

「そうなんだ。知らなかった。次からそうするね」

クリスが目を眇めた。

「あなたがミスしたから、次はわたしのサーブよ」

クリスはサーブする。

二愛はそれを受け、

「とりゃあっ！」

豪速のボールが返された。

「はっ、バレバレ！」

二愛の動きを読んでいたクリスは既に後方へ下がっていた。ボールの軌道を読み、クリスは球を無事に受ける。が、

「くっ……！」

まるで重い打球を受け止めたようだ。顔を歪めたクリスは渾身の力で腕を振り切る。ピンポン玉は再び二愛のコートへ。

「クリスちゃん、大丈夫──？　ふんぬっ！　初心者のわたしに息切れしてるけど」

「あんたみたいな馬鹿力とっ、勝負する想定はしてないのよっ！　ああああっ！」

（俺は一体、何を見せられているんだ……？）

ただの温泉卓球のはずだが、クリスも二愛もお遊びをしている形相ではない。まるで互いの命を懸けた死闘のようだ。

相手の心が読めるクリスと、圧倒的なパワーでゴリ押しする二愛。もはや二人の対戦は卓球の領域を超えていた。

幸太はチラ、と横を窺った。

氷雨はいつもの無表情でクリスたちの試合を見ている。彼女もまた「温泉卓球を超越した何か」を前に取り残されているようだ。

合宿中はほとんど四人一緒に行動している。氷雨と二人で話せるチャンスは今しかないかもしれない。

「……あのさ、東城さん」

氷雨がゆっくりと首を回した。

「東城さんに見てもらいたいものがあるんだ」

幸太はスマホを出す。ラインを立ち上げ、画面を見せた。

「これは、東城さんが教室で俺たちと一緒にお昼を食べたときに来たラインなんだけど──」

信していた。

クリスと二愛も含めて四人で昼食を摂ったあのとき。幸太のスマホは大量のメッセージを受

送り主はクラスの男子たちである。

『なんでおまえが東城さんに誘われてるんだよ（涙）』『頼むから俺もそこに混ぜてくれ！』

『東城さんだけはおまえに譲らないからな！』ｅｔｃ……。

「これが今の東城さんの評価なんだ。みんな、東城さんに憧れてるし、すごいと思っている。蔑んでる人なんかいない。まあ、東城さんにとってはクラスの男子に人気になったところで、嬉しくも何ともないのかもしれないけどさ」

「何が言いたいのですか？」

氷雨は幸太にスマホを返す。

「俺はだから、東城さんに自信を持ってもらいたいんだ！」

二愛に過去を触れられて逃げ出した氷雨。

それはまだ氷雨が昔のトラウマを引きずっていて、自分に自信がない証拠だろう。自信があるのなら、過去を蒸し返されたところで動じたりはしない。

そして、氷雨に自信がないのなら。幸太との婚約を解消したがらない理由にも説明がつく。

幸太との婚約を解消してしまったら、誰とも結ばれないかもしれない。

氷雨はそう懸念しているのではないだろうか——。

「五歳のときは、みんな幼かったから東城さんのすごさに気付かなかっただけなんだ。今、東城さんを馬鹿にする人はいないし、マジでみんな、東城さんと付き合いたいと思ってる。東城さんはもっと自分が魅力的だと自覚したほうがいい」

「……どうでもいいです。『みんな』はどうでもよいのです」

大きな瞳が幸太を映す。

「わたしは幸太くんの意見が聞きたいです」

「――」

「幸太くんはわたしをどう思っていますか？」

クリスが作戦を記したメモ用紙が脳裏をよぎった。そこにはしっかり『東城さんに気のある素振りをしないこと』と書かれてある。

気のある素振りとは、好意を伝えるのも含まれるのだろう。

――だから、どうした？

氷雨は祈るように幸太を見つめている。

婚約解消同盟の作戦は後で立て直せばいい。頼りになる同盟者がきっと何とかしてくれる。

それよりも。

平々凡々な自分なんかの言葉で彼女のトラウマを解消できるなら。他でもない氷雨の自信に繋がるのなら。ここで躊躇っている場合ではない。

「俺は、東城さんに憧れている」

一歩間違えば告白の台詞だ。

だけど、それが幸太の率直な気持ちなのだから仕方ない。

「俺はバカだから、東城さんの天才的な頭脳には憧れるし、難しい数式を夢中で解けるのは尊敬しかない。……それだけじゃない。入学式で東城さんを初めて見たときは、こんな綺麗な子がいるんだって衝撃を受けたし」

本来ならこれは、氷雨に告白したときに言うべきだったのだろう。

人生初めての告白でガチガチに緊張しまくっていた幸太は、「俺と付き合ってください……！」しか言葉にできなかった。後にそれが悲劇を生むとは露知らず。

「俺は今まで出会った中で、東城さんが最高の女性だと思ってるから」

言ってしまった。

そこで幸太は思いの外、自分が照れていないのに気付く。

でも氷雨は違うようだ。隣にいる彼女はすっかり頭から湯気を噴いていた。

「……幸太くんがそんな風に思っていたなんて……」

消え入りそうな声にはっとした。

「ち、違うんだ！　東城さんに未練があるとかじゃなくて、俺はただ、東城さんに自信を持ってもらいたくて……」

普通に考えて、元カレに告白じみたことを言われても困惑するだけだろう。幸太は言葉を選んで、それを告げる。

「……俺が思うに、東城さんは天才なのを誇っていいんだよ」

氷雨は俯いたままだった。

相変わらず外野ではピンポン玉の激しい応酬が続いている。

ややあって、氷雨の首が一つ頷くみたいに動いた。それを幸太は見逃さなかった。

「幸太くん」

ささやかな声で氷雨が呼ぶ。

長い黒髪の隙間から覗く彼女のうなじは真っ赤だ。彼女の指が浴衣の袖をしきりにいじっている。何も運動していないのに、氷雨の息は上がっているようだった。

やがて彼女は意を決して口を開く。

「わ、わたしはっ、こぅたくんが、す……す……す――」

パーン、と。

幸太と氷雨の間にオレンジ色の物体が飛来してきた。ピンポン玉だ。

卓球の試合に目を戻すと、クリスと二愛がぜえはあと肩で息をしていた。

「やった……はあはあ、わたしの、勝ちっ……」

「馬鹿力しかっ、ないのに……やるじゃないっ……」

クリスたちは幸太のほうにやってくる。

「コータ、わたしの勇姿、見ててくれた？」

「え。あ、ああ……」

「コーくん、わたしのほうがクリスちゃんよりすごかったよね？」

幸太は氷雨に目を戻した。

氷雨は眉を下げてうなだれていた。

「東城さん、今言いかけてたのって……？」

幸太だけでなくクリスや二愛の視線まで浴びて、氷雨はさらに身体を縮こまらせた。

「な、何でもありませんっ」

卓球の試合をしたクリスと二愛は汗だくだった。

必然的に「もう一回お風呂に入ろう」という流れになり、そろそろ夕暮れなので、今度は露天風呂へ行くことになった。

露天風呂は男女入れ替え制である。幸太は入れない。

「俺は別に汗かいたわけじゃないし。部屋に戻って勉強してるよ」

そう言って彼は廊下を歩いて行ってしまった。

氷雨はその背を見送るしかない。

(幸太くん……五歳のときから何も変わりません。やはりあなたはわたしを受け入れてくれました)

嬉しい。

心がふわふわしている。

(それに比べてわたしはなんと不甲斐ないのでしょうか。チャンスだったのに、また幸太くんに気持ちを伝えられませんでした……)

「ヒサメ、あなたも露天風呂行くわよね？　早くしないと夕日を見逃しちゃうわよ」

「……はい」

クリスに促されるまま、氷雨は二人の後を追った。

露天風呂の更衣室で、氷雨は浴衣を脱ぎながら言う。

「ところで、クリスさん。盟約の件ですが――」

「わかっているわ、あなたが痺れを切らしてるってことはね」

氷雨は眉をひそめた。

「わかっているのであれば、迅速に対応してください」

「急かさないでよ。まだ夕方じゃない。物事には適切なタイミングと舞台があるのよ」

胡散くさい。まだ夕方ではなく、もう夕方だ。まるで詐欺師と会話しているみたいである。

チラ、と横を見ると、クリスは長い金髪を念入りに纏めていた。温泉に浸からないようにするためだろう。

「ふーん、ひさめちゃんはジーかあ」

「っ!?」

気付けば二愛がすぐ傍にいた。氷雨の下着を勝手に検分している。

「こんなおっきいブラジャーどこで売ってるの？　エキナカの下着屋さんにはなくない？」

「か、返してくださいっ」

氷雨は下着を奪い返した。同性とはいえ、下着をまじまじと見られるのは恥ずかしい。

クリスは鼻で笑う。

「高いランジェリーショップに行けば大きいサイズもあるのよ」

「うわー嫌な感じ！　エフならエキナカにもたまにあるよ。よかったね、クリスちゃん」

「うるさい！　いつの間にわたしのサイズもチェックしてるのよっ」

露天風呂に繋がるドアを二愛が開ける。

外に出るなり、二愛とクリスは、わあっと揃って歓声を上げた。

氷雨も絶景に目を細める。

屋上に位置する露天風呂からは、視界いっぱいに広がる海が見える。沈みかけた太陽によって青いキャンバスは多彩な色を映していた。

「最高の景色ね。来てよかったわ」

クリスは温泉に近付く。

と、二愛が何かを拾った。

「ねーこんなの捕まえた」

「ひいいいいいいっっ!!」

クリスが絶叫して飛びのく。

二愛は黒っぽい虫を捕まえていた。長い触覚に足がたくさんあって、ワサワサ動いている。

「ゴ、ゴキ――」

「クリスさん、違います。あれはフナムシです。害はありません」

「どっちでもいいわ！　北大路二愛っ、早くそれを捨ててっ！」

「えークリスちゃん、虫苦手なの？　ウケるー」

「ああああ近付くんじゃないわよ北大路二愛ああああっっ――！」

タオルをブンブン振り回し、クリスは露天風呂の周囲を逃げる。

二愛はニヤニヤしながらフナムシを持ってクリスを追いかけていた。

「ふふふ、クリスちゃんが苦手なもの見つけちゃった。今度フナムシの置き物作って、プレゼントするね」

「ふざけっ、許さないわよ、北大路二愛っ！　――ホオズキ！」

次の瞬間、二愛の手からフナムシが消えた。

「あれ？」

空になった手を見つめ、二愛は瞬く。

下を向くと、小型ナイフが刺さったフナムシの死骸があった。どこからともなく飛んできたナイフが二愛の手からフナムシを奪ったのだ。

「……？」

「あー無駄な体力を使ったわ。温泉、温泉」

クリスは何事もなかったかのように言って、スタスタと歩いていく。二愛はしばし不思議そうにしていたが、すぐに興味を温泉へ移した。

「ふう～やっぱ露天風呂って格別ね」

「とても癒されます」

「泳げないけど、景色が見えて楽しいね」

三者三様の感想を述べてお湯に浸かる。

露天風呂は三人でちょうどいいくらいの広さだった。昔はもっと広かったような、と氷雨は考え、正面にある竹柵が目に付いた。

それは露天風呂を区切るように設置されている。

（おじいちゃんたち従業員も入れるよう、改装したのかもしれません）

氷雨はそう結論付け、絶景に目を戻した。

「ねえ、せっかく女子だけなんだし、ガールズトークしない？」

クリスは温泉で長い脚を伸ばしていた。均整の取れたプロポーションに同性の氷雨までドキドキしてしまう。

「ガールズトークって何？　何を話すの？」

二愛は子供のように身を乗り出して海を見ていた。身長も低く、氷雨やクリスに比べたら胸もささやかな彼女だが、身体の曲線は十分に女らしい。

「ガールズトークは女の子たちだけのナイショ話みたいなものよ。話題は、気になる男子についてとか」

「そんなのコーくんに決まってるじゃん」

二愛は即座に言い切った。何を今さらみたいなニュアンスすら漂わせている。

「話題は、例えばよ。でも北大路二愛。あなた、本当にコータが好きなのかしら？」

「……は？　何言ってんの？」

二愛の声は普段のおちゃらけた感じではなかった。

クリスは歯を見せて笑う。

「人って図星を指されると、怒るものなのよ」

「意味わかんない。クリスちゃんってテキトーなこと言うよね」

「じゃあ、間違いなくコータに恋してると――？」

「当たり前じゃん。コーくんはわたしの運命だよ⁉」

その台詞は氷雨の心を抉った。

誰にも気付かれないよう、そっと胸を押さえる。そんなことをしても心から流れる血は止められやしないのに。

「コーくんがわたしにプロポーズしたんだから！　将来二人で一緒にラーメン屋さんをやるの。コーくんのためにわたしは陶芸家にまでなったのに、どうしてわたしがコーくんを好きじゃないことがあるの？」

（ここまで堂々と気持ちを言えるなんて……）

とても自分には真似できない。氷雨は己の弱さを恥じ入り、顔を俯けた。

「クリスちゃんこそ、どうなの？　芸能人なんだからイケメン俳優とか会うでしょ？」

「そうね。でも、恋に落ちたのはコータだけだわ」

（クリスさんまで……）

氷雨はため息をつきそうになった。

「へー、それでクリスちゃんはいつからコーくんのこと好きなの？」

「一か月前くらいからね」

ぷっ、と二愛が噴き出した。

「それでよくコーくんのこと本気だって言えたね？　わたしなんて五歳のときから好きなのに」

「昔から好きだったから何なの？」

クリスの目が獲物を狩る鷹のように鋭くなる。

「恋をするときは一瞬よ。ずっと前から好きだったなんて当人の自己満足でしかないわ。一秒前の恋も十年前の恋も、どちらも同じ恋じゃない。そこに優劣なんてある？」

「長く好きってことは、これからもずっと好きって証拠じゃん。そんなこともわかんないの？」

「わからないわね。ずっと好きでいられるなんて何の保証もないわ」

それより、とクリスは胸を張る。

「わたしが十五年生きてて初めて恋したのがコータなの。やっと見つけられた恋を手放せると思って？」

「初恋おっそ」

二愛のツッコミにもクリスは涼しい顔だ。

クリスは氷雨に矛先を向ける。

「で、ヒサメ。あなたは？」

思わず唾を飲み込んでいた。

クリスも二愛も氷雨を見つめている。何か言わなければならなかった。

「わ、わたしは……」

「ひさめちゃんの気になる男子、知りたいなー」

え、と声が出た。

二愛は屈託ない笑顔を浮かべている。

「ひさめちゃんはどんな男子がタイプなのか知りたいじゃん。コーくんは幼稚園のときに親に決めてもらった婚約者でしょ。今、気になる人とかいないの？」

そんな――と氷雨はくずおれそうだった。

（北大路さんにとってわたしは眼中にない、ということですか……？）

クリスは夕日を眺めて黙している。氷雨の気持ちは、幸太への恋心はわかっているはずなのに、無視を決め込んでいる。

『あなた、雑魚なのよ』と言われた意味をようやく実感した。

この二人に自分はライバル視されていない。

浸かっているお湯が急激に温度をなくしていくようだった。

「なんだー、ひさめちゃん、好きな人いないんだ。コイバナ聞きたかったなあ」

「そう簡単に恋は訪れないものよ。好きな人がいなくても、別におかしなことじゃないわ」

二愛とクリスは氷雨に好きな人がいないものとして話を進めていく。無言とはそういうことだ。周囲が勝手に判断して流してしまう。

(わたしの想いが、幸太くんへの想いが、ないことにされてしまいます……)

瞬間、胸に火が灯った。

そんなの認められない。

五歳のときから好きだったと言う二愛。初恋だと言うクリス。全部だ。それなら自分だってそうだ。

何も劣っていない。

二人の恋心に自分の気持ちは負けていない――。

「気になる人ならいます!」

ざばっと氷雨は温泉から立ち上がっていた。

クリスと二愛がこっちを見る。

夕暮れの冷たい潮風が濡れた裸体に吹きつける。

だけど、そんな生温い風じゃ氷雨の胸で燃える炎は消えない。

「ずっと……五歳のときからずっと、好きです。ただ一人、わたしを受け入れてくれた人……。

わたしのヒーローをただの一度も忘れたことはありません。わたしは――」

負けたくない。

幸太の隣にいたい。

彼とラブコメをするのは自分なのだ。

氷雨はありったけの声で恋敵たちに宣戦布告する。

「――わたしはっ、幸太くんが大好きです!!」

「よく言ったわ、ヒサメ」

クリスが微笑む。

次の瞬間、氷雨の正面にあった竹柵が揺らいだ。

＊＊＊

卓球台のある遊戯室で女子三人と別れた幸太は自室に戻っていた。

氷雨が作ってくれた模擬テストを解いていく。幸太が追試になったのに責任を感じているとはいえ、ここまでやってくれるとは思わなかった。ちゃんと解かないと氷雨の厚意を無下にするみたいで申し訳ない。

「うーん……」

とはいえ、わからない問題もちらほらある。一応、解いてはみたものの、果たしてこれで本当に合っているのか疑わしい設問も。

（……これは、氷雨の採点待ち、かな……）

コンコンとノックがした。

幸太は部屋のドアを見る。

（誰だ？　クリスたちは露天風呂に行ったよな……？）

疑問に思いつつも、幸太はドアを開けた。

「……お寛ぎ中のところ、失礼いたします」

立っていたのは若い仲居さんだった。

旅館の制服と思しき薄紅色の着物を着ている。肩で切り揃えた黒髪に黒縁の眼鏡。独特な雰囲気の仲居さんはにこりともせず言う。

「……先日、当館は改装いたしまして、露天風呂は男女同時に入れるようになりました。館内案内にはまだ記載されておりませんので、こうして私どもが各お部屋を回っております」

「あ、そうなんですか……」

どうしようか、と思う。

風呂なら さっき大浴場で入った。幸太は女子と違って、温泉にそこまで興味があるわけではない。また風呂に行くのもなあ、と考えたときだった。

仲居さんの赤い瞳が幸太に据えられる。

「……当館の露天風呂から見える夕暮れは絶景でございます。この景色は百万円以上の価値があると言われております」

「ほんとですか⁉」

「……是非、露天風呂へ行かれるのをオススメいたします」

仲居さんは丁寧に一礼すると去っていく。まったく足音を立てずに遠ざかっていく仲居さんを幸太は見送った。

（そんなにすごいならせっかくだし行くか……。模擬テストも一区切りついたとこだし）

バスタオルを持って幸太は廊下へ出た。

露天風呂の男子更衣室には幸太しかいなかった。またしてもお風呂を独り占めするチャンスである。

服を脱いで露天風呂に続くドアを開けると、いきなり冷たい風が吹きつけた。

（寒っ……！）

幸太は急いで風呂へ向かう。確かに絶景だ。今や海は茜色に染まり、沈みゆく太陽は燃えるように赤い。露天風呂に浸かりながらこれを見られるのは贅沢なことなんだろう。

幸太が露天風呂に足を入れたときだった。

「当たり前じゃん。コーくんはわたしの運命だよ!?」

二愛の声が響いて、幸太はビクリとした。

(そうか。この竹柵の向こうは女子用なのか……)

仲居さんは男女が同時に入れるよう改装したと言っていた。この柵を取り付けて男女を分けたのだろう。

「コーくんがわたしにプロポーズしたんだから! 将来二人で一緒にラーメン屋さんをやるの。コーくんのためにわたしは陶芸家にまでなったのに、どうしてわたしがコーくんを好きじゃないことがあるの?」

二愛の台詞を聞きながら、幸太は参ったな……と思っていた。

ちょうど今、女子たちの話題は幸太についてらしい。会話がこっちに筒抜けだと教えてやりたいが、それを言えば二愛の台詞を聞いてしまったと暴露することになる。どうしたものか躊躇していると、今度はクリスの声がした。

「わたしが十五年生きてて初めて恋したのがコータなの」

幸太はブクブクと温泉に半分ほど顔を埋めた。

照れくさい。二愛の気持ちもクリスの気持ちも知っているが、こうして聞くのはやっぱり気恥ずかしいものがある。

もはや彼女たちに自分がここにいるのを告げられる時期は過ぎた。

何も聞かなかったことにして身体が温まったら露天風呂をそっと出よう。幸太がそう考えたとき、

「ひさめちゃんの気になる男子、知りたいなー」

話題は氷雨に移ったようだ。

（氷雨が好きな男子……いるのか？）

いたところでもう関係ない、と思う。

恋人関係だって解消したし、婚約だって解消するつもりだ。幸太はフラれたのだから、氷雨に関わるべきではない。

（ああ、なんか、やっと気持ちの整理がついたな……）

波の音をBGMに真っ赤な夕陽を眺めながら、幸太はそれを実感していた。

氷雨への恋心は幸太の中で綺麗に消化できた気がする。

さっき氷雨に告白ギリギリの台詞を言ったわけだが、不思議と照れることはなかった。告白したときは一言言うので精一杯だったのに。

緊張も気負いもなく言えたのは、おそらく氷雨への想いが過去になりつつあるからだろう。

失恋は痛い。でも癒えない傷ではない。

叶わなかった恋なんてこの世の中には星の数ほどあって、みんな、その痛みを乗り越えていくのだ。

どこかセンチメンタルな気分に浸っていたときだった。

「気になる人ならいます！」

氷雨の声がした。

マジか、と思う。

氷雨の心を射止めた幸運な奴は誰なのだろうか。

純粋な好奇心から幸太は柵に近付いた。

竹柵の向こうで氷雨はボソボソと何かを言っている。海が近いのも考えものだ。波の音で彼女の声は聞き取れない。

だが、次に響いた大音声は嫌でも幸太の耳に届いた。

「――わたしはっ、幸太くんが大好きです!!」

（は……？）

意味がわからない。聞き間違いだろうか。

幸太は硬直して竹柵を見つめる。意味不明なことは続けざまに起こった。幸太の目の前で竹柵がいきなり崩壊したのだ。

(わわっ……!)

柵を支えようとしたが、竹を繋いでいた紐が切れたのか、柵はバラバラになって落ちてしまう。男女に分かれていた露天風呂は今や一つになり、幸太は彼女たちと対面した。

「え……?」

言ったのは氷雨だ。

温泉から立ち上がった彼女は一糸纏わぬ姿を晒していた。鮮烈な赤光を浴びて輝く圧倒的な女の子を前に、幸太は反射的に目を逸らす。

氷雨の右には、豊かな胸を両手でしっかり押さえたクリスが温泉に浸かっていた。こっちが気になるのか、幸太のほうをチラチラと窺っている。左にはきょとん、とした二愛がいて幸太を凝視している。自分の身体を隠す気はさらさらないらしい。

波の音が嫌に大きく響いた。

幸太はパニックになりそうな頭で言葉を探す。

「…………や、俺は何も見てないし、これは本当に事故で――」

「いやあああああああああああっっっ――!!」

氷雨の絶叫が旅館中に轟いた。

「誰がこのようなことをしろと言ったのですか？」

旅館のロビーで氷雨は激怒していた。

彼女の剣幕に圧倒され、さっきから他の宿泊客はロビーに近付いてこない。そんなことも気にならないほど、氷雨は怒りに駆られていた。

「だって、そういう盟約だったじゃない」

クリスは飄々と言った。氷雨が怒っているのを楽しむかのような口ぶりだ。

「あなたの気持ちをコータに言えるようにする。そのためにあなたはわたしの指示に従う。それがわたしたちの盟約だったでしょ。そして事実、あなたはコータに気持ちを言った。あなたの望みは果たされたはずよ」

「あんな方法でわたしの気持ちを伝えるとは、聞いていません！」

「当たり前でしょ。隣にコータがいるって知っていたら、あなた、本音を言えないじゃない」

ギリ、と氷雨は歯軋りした。

わなわなと両手が震える。クリスの発言は正論だが、正しければ何をやってもいいわけではない。

「だからといって、この方法はあんまりです。幸太くんが不憫だとは思わないのですか？」

氷雨が悲鳴を上げた後。露天風呂には悲鳴を聞いた仲居さんたちが駆けつけた。そこで幸太は女湯に忍び込んだ不埒者となった。

事実、露天風呂は男女入れ替え制で、男である幸太は入ってはいけなかった。

幸太は「だって、仲居さんが改装したって……！」と必死に言い訳をしていたが、それが聞き入れられることはなく、現在、彼は旅館のオーナーである氷雨の祖父から取り調べを受けている。祖父はカンカンに怒っているそうだ。

「不憫？　いいえ、これこそがコータの望んでいたことなのよ」

クリスは狡猾な笑みを浮かべた。

「コータはあなたとの婚約を解消したがっていた。でも、婚約を決めたのはあなたのお母さんであり、店舗の賃貸契約を交わしているのはあなたのお祖父さん。だったら、どちらかにコータはあなたの婚約者に相応しくないと思わせればいいじゃない」

「それでわたしと盟約を結び、祖父がオーナーの旅館を予約させたのですか」

「あなたをここに連れて来るためにも盟約は必要だったわ。わたしといがみ合ったままなら、あなた、わたしに旅行に誘われても絶対に来なかったでしょ。『女狐は何か企んでいるに違いありません』とか思って」

初めからクリスの掌の上だったのだ。

学校でクリスが幸太にイチャついていた真の理由は氷雨の危機感を煽るため。自分が恋愛において無力だとわかれば、氷雨はクリスと盟約を結びたくなる。

盟約を結んだら、氷雨の望みを叶えるためと称して婚約解消に必要な舞台を整えさせる。そうしてクリスは婚約をぶち壊しにかかったのだ。

盟約は氷雨を利用するためのものだった。

クリスは最初から、幸太と氷雨を婚約解消させることしか考えていなかったのだ。

(何故、わたしは彼女の思惑に気付けなかったのでしょう。相手は嘘つきで狡猾な女狐だとわかっていたのに……！)

「許嫁は最強のカードよ。いわばジョーカー。わたしが一番の強敵であるあなたを許嫁のままにしておくと思って？」

「この女狐っ――！」

廊下から足音がした。

振り向くと、オーナーの部屋から晴人と幸太が出て来ていた。

「やーダメだね。じーちゃん、頭に血が上っちゃって、全然話を聞いてくれなかったよ」

晴人がお手上げというように肩を竦める。

「被害に遭ったのがひーたんだからね。じーちゃんは特にひーたんを可愛がっていたし」

「わたしが行きます！　幸太くんは悪くないとわたしが説明を――」

「まー女湯に入ったのは間違いないわけだし、悪くないと言い切るのは厳しいかな……」

晴人の横で幸太は憔悴しきっていた。

「確かに眼鏡をかけた仲居さんが俺の部屋に来たんですよ。それで、露天風呂は改装したから男女同時に入れるようになったって」

「でも、その仲居さん、いなかったんだろ。今日出勤している人全員見たのに」

「はい……」

「夕方の時間帯、露天風呂の男子更衣室は閉めているはずなんだけどねえ。駆けつけた仲居さんも男子更衣室には立ち入り禁止の札がかかっていたって」

「俺が行ったときにはそんなのなかったんですよ……。嘘じゃないです。普通に入れる状態で……」

幸太は気まずそうに氷雨に向き合った。

「ごめん。本当に、覗こうとしたんじゃないんだ。女性専用だって俺は知らなくて――」

「わかっています」

氷雨は返した。

すべては女狐の計略だったのだ。幸太に罪がないのはわかりきっている。

幸太は少し安堵した顔になった。

「あとさ、お祖父さんに婚約は絶対に許さないって言われたよ。女湯に忍び込む不埒な輩には孫娘をやれん、って」

「――」

「ちょうどよかったんじゃないかなと、俺は思ってる。五歳のときに親同士が決めた婚約なんてきっとロクなもんじゃない。婚約なんかに惑わされず、東城さんはちゃんと恋をして、好きな人と結婚するべきなんだ」

(そんな……わたしの気持ちが、伝わってないのですか……?)

露天風呂で、自分の気持ちは幸太に伝わったと思っていた。

あれだけ大きな声で言ったのだ。隣にいた幸太に聞こえていないはずはない。

(女狐に乗せられ、婚約解消までさせられたのに、肝心のわたしの気持ちが伝わっていないなんて――)

呆然とする氷雨から幸太は目を逸らす。

「東城さんには好きな人を見つけてほしい。俺は東城さんの幸せを願っているから」

じゃあ、と幸太は背を向けた。そのまま廊下のほうへ歩いていく。

氷雨は立ち尽くした。

(全部、無駄だったのですか？　これで恋人でも許嫁でもなくなったわたしは、幸太くんと――)

「待ってください！」

気付けば声が出ていた。氷雨は駆け寄った。

彼の足が止まる。

「幸太くん、わたしは——」

彼が言ってくれたことを思い出す。

『俺はだから、東城さんに自信を持ってもらいたいんだ！』

『……俺が思うに、東城さんは天才なのを誇っていいんだよ』

自信なんてない。

誇りなんて持ちようもない。

だけど、他でもない幸太が「最高の女性」と言ってくれるのなら、天才の自分に憧れてくれるなら、こんな自分でもいいのではないか。そう思えたのだ。

「五歳のときから、幸太くんのことが——」

そこで氷雨の言葉は途切れた。

幸太が固唾を呑んで自分を見つめている。急に羞恥心がこみ上げてきた。

（ううう、なんでわたしは今さら恥ずかしくなるのですか……！　さっきは裸を見られたのですよ⁉　それに比べたら、こんなの全然恥ずかしいうちに入らないではありませんか！）

自分で自分を叱咤するが、氷雨の顔は火の海で手が付けられなくなっていた。口を何度か開閉させ、声を絞り出す。

「その……ですから、す……す——」

「あのさ、俺、模擬テスト解いたんだ。それで丸付けしてもらいたいんだけど」

「ま、丸付け、ですか……？　ええ、はい、もちろん……」

幸太は紙束を出す。

それを見て氷雨は息を呑んだ。

方眼紙にはグラフが描かれている。

『すきです』

ロビーのすべての音が消えた気がした。

幸太は気まずそうに頬をかく。

「……いや、間違ってるかもしれない。もしそうだったら気にしないでくれ。俺も合ってる自信なくて——」

「いいえ」

泣きそうになりながら氷雨は言った。赤ペンで大きく花丸を付けて彼に模擬テストを返す。

「正解です。——幸太くん、すきです」

自分は今、笑えているだろうか？

彼の目が驚いたように見開かれたのを見て、氷雨はそう思った。

エピローグ

EPILOGUE

夕食は温泉旅館らしく豪華だった。間違いなく幸太の人生の中で一、二を争うほどのご馳走なのだが、幸太に料理を味わう精神的余裕はなかった。

自分の部屋で一人で食べるのも味気ないので、女子の部屋で三人と一緒に食事を摂るようあらかじめ手配していた。それが裏目に出た。

幸太が顔を上げると、正面に氷雨がいる。

氷雨は綺麗な所作で箸を使っていた。幸太の視線に気付いたのか彼女が目を上げる。目が合いそうになって、幸太は慌てて料理に視線を戻した。

「……」

氷雨が何か言いたそうに口を開く。が、彼女は何も言うことなく俯いてしまった。その頬が赤く染まっている。

隣で二愛とクリスは賑やかに食事をしている。

「えへへ、コーくんのお刺身、食べちゃお」

「こら、何やってんのよ！　コータ、早く食べないと、この子に美味しいもの全部食べられちゃうわよ」

クリスが注意してくれたが、幸太は「……ああ」と曖昧な返事をするだけだった。そんな幸太にクリスは不満げな顔になる。

食事を終えて幸太はすぐに女子の部屋を出た。二愛がしきりに引き留めようとしてきたが、疲れたからとか何とか理由を付けて幸太は逃れた。

旅館のロビーには自販機が並んでいた。

幸太はジュースを買って近くのソファーにかける。ロビーは海がよく見えるようガラス張りになっていたが、夜では真っ暗な闇が見えるだけだ。

「こちら、よろしいですか？」

不意に聞こえた声に、幸太はビクリとした。

氷雨だった。濃紺色の浴衣を纏った彼女は甘そうなココアを手に幸太を見つめている。

「どうぞ」と幸太は言った。

氷雨が流れるように向かいに座る。彼女は缶を開けて、ココアに口を付けた。

幸太は闇を見つめたまま切り出す言葉を考える。そう、氷雨に訊かないといけないことがあるから、幸太は夕食中ずっと思い悩んでいたのだ。

「えっと、確認したいんだけどさ」

「はい」

「東城さんは五歳のときから俺が好きで……俺が高校で告白したときも、ずっと好きだったたってこと?」

「……はい」と氷雨は恥ずかしそうに言った。

幸太は頭を抱える。

ということは何か。自分は完全に氷雨の気持ちを勘違いして、その結果彼女に別れを切り出し、婚約まで解消したことになる。

「……いやだってさ、才色兼備の東城さんが俺を本当に好きなんてことある? 俺、めっちゃ凡人だよ? 絶対に何か特殊な事情があるって思うよね」

「わ、わたしにとって、幸太くんはヒーローなのです!」

「それは幼稚園のときの話で――」

「そんなことないです。高校でもそうでした。幸太くん、学級委員を決めたときのことを憶えていませんか?」

憶えている。

幸太たちの担任教師は、新入生代表で挨拶した氷雨を学級委員に指名した。氷雨がどこから見ても優等生だから適任だと思ったのだろう。

そして、男子の学級委員を誰にするか、候補者を募った。

「あのとき誰も立候補しませんでした。きっとわたしと同じ委員会になるのは皆、嫌だったのでしょう」

「違う！　違うんだよ……！　東城さんがあまりにもすごすぎるから、みんな物怖じして立候補できなかったんだよ」

中堅県立高校の生徒にとって飛び級ハーバード大卒は異次元だ。加えて氷雨の容姿は完璧すぎる。他の男子が皆、立候補したいと思いつつ、躊躇したのを幸太は感じ取っていた。

「別に結構です。誰に嫌われようと構いません。わたしには幸太くんがいるのですから」

「――」

氷雨は頬をほんのり染めて幸太を見つめている。

いつの間に彼女はこんな表情をするようになったのだろう。告白されたときから思っていたが、今の氷雨は誰が見ても「恋する女の子」だ。幸太ですら見間違いようがない。

とにかく悪いのは幸太だ。

彼は氷雨に頭を下げる。

「俺が勘違いしたせいで、東城さんに悲しい思いをさせてしまって申し訳ない。反省しています」

「過ぎたことです。幸太くんを責めるつもりはありません。わたしが勘違いさせるような言動だったのもいけないのでしょう」

幸太は顔を上げた。

氷雨は両手の中にあるココアをいじりながら言う。

「わたしは幸太くんの謝罪ではなく、告白の返事を聞きに来たのです」

「その……俺の勘違いで東城さんと別れたわけだけど、東城さんはまた俺と付き合ってもいいってこと……？」

氷雨が小さく息をついた。

「……幸太くん、あなたはわたしに好きな人を見つけてほしいと言いました」

「はい……」

「なので、わたしは幸太くんに気持ちを伝えました。今度は幸太くんの番です」

氷雨の視線は真っ直ぐに幸太を射抜く。

「──幸太くんの好きな人は誰なのですか？」

他の宿泊客の声が遠くでした。彼らはロビーに立ち寄ることなく、自分の部屋へ向かっていく。声は完全に聞こえなくなった。

「最近、幸太くんは教室でクリスさんととても親しくしていました。北大路さんともです。幸太くんの様子を見ていると、彼女たちのことが好きなのかと思ってしまいます」

「それは、クリスの──」

「知っていますよ。クリスさんの計略だったと言いたいのでしょう。でも、幸太くんはクリスさんとベタベタして満更でもなかったじゃないですか。本当に計略なら、まだわたしのことが好きなら、違った態度があったのではないですか？」

氷雨の目には涙が溜まっていた。

糾弾するような眼差しに言葉が詰まる。

「……俺は——」

「幸太くん、わたしはYESしか聞きたくありません」

あまりにも強い断言に幸太は呆気に取られる。

「誰が好きなのかよく考えて答えを出してください。どうせ結婚までには時間があるのですから」

氷雨は立ち上がった。ココアの缶をゴミ箱に捨てる。

「え、結婚までには時間があるって、どういう……？」

氷雨との婚約は解消したのではなかったか。

慌てる幸太に氷雨は告げる。

「幸太くんは好きな人と結婚するのでしょう？　でしたら、婚約の有無など関係ないではありませんか。わたしが幸太くんの好きな人になればよいのです」

それはつまり、氷雨が幸太との結婚を諦めていないことを意味していて。

「まずはわたしを名前呼びに戻してください。ライバルに後れを取るのは不愉快です」

おやすみなさい、と言って氷雨は去っていく。

完璧な後ろ姿を幸太は言葉もなく見送り——

「あああああ、俺の好きな人は誰なんだ――っ⁉」

「答え、教えようか？」

いきなり背後から声がした。

「っ⁉　びっくりした。クリスか……」

いつの間にそこにいたのか。まったく気付かなかった。

艶やかな浴衣を着たクリスは自信満々に言う。

「コータの好きな人はわたしよ、わたし☆」

「それを鵜呑みにできるほど単細胞じゃねえんだよ。ナメてんのか」

むしろそんな単細胞ならよかった。悩まなくて済む。

「コータ、お祝いしよ」

クリスは自販機でコーラを買うと、掲げた。

「何のお祝いだ？」

「婚約解消同盟のお祝いに決まってるでしょ。目標を一つ達成したんだから」

「といっても今回のこれは、作戦の成果というより不慮の事故じゃないか」

「ふーん、コータはあのタイミングでいきなり露天風呂の柵が壊れたのに、何の疑問も持たないわけね」

幸太は真顔になっていた。

「……おまえ、まさか……！」

「いいのよ、今回の作戦はコータが騙されて露天風呂に来てくれなかったら成立しなかったんだから」

おおおおいっ！　と幸太は盛大にツッコんだ。

「クリス、おまえって奴は……！」

「さすが世界のクリスティーナ・ウエストウッドでしょ」

「褒めてねえよ！」

「はい、目標達成を祝してカンパーイ！」

クリスが勝手にコーラの缶を幸太のジュース缶にぶつけてくる。

幸太は深々とため息をついた。

確かに婚約解消できたのだから、クリスの言う通り目標は達成されたのだろう。氷雨との婚約を解消したいと言ったのは自分だ。それは間違いない。

ハイテンションでコーラを飲むクリスを、幸太はただ見ていた。

絡まった心の糸は解けない。氷雨への想いを消化したつもりだった。だが、氷雨に告白されたことで、また幸太の心は揺らいでいる。

すなわち、究極の二択に。

（クリスも氷雨もハイスペックすぎるんだよ。こんなん選ぶなんて無理だろ……。全員が幸せになれる方法は本当にないのか？）

「それはね、コータ。欲張りすぎ」

クリスは的確に幸太の思考を読んで言った。

「想像して。コータが誰も選ばないほうがみんな不幸だから」

幸太は俯いた。クリスの言う通りなんだろう。それでも、幸太は模索してしまう。自分の気持ちが見えないからこそ、「最善」な方法を。

「コータ、海見に行こ」

クリスは早々にコーラを飲み干して、幸太の腕を取った。

「海？」

「夜の海も悪くないわよ。ほら、早く」

真っ暗で何も見えないだろ、と思ったが、幸太はクリスに引かれるまま歩いた。もし何も見えなくても、クリスと一緒なら楽しいだろう。

それくらいの想像はついた。

あとがき

※一巻の重大なネタバレがあります。もし一巻未読の方がいましたら、そっと閉じて、一巻読了後にお読みください。

一巻発売からたくさんの反響をいただき、無事に二巻をお届けできることとなりました。応援してくださった皆さん、ありがとうございます！

また、ツイッターでの公式略称の投票にもたくさんの方にご参加いただきました。まさかの同率一位で決まらないなど紆余曲折ありましたが、公式略称は『こんかわ』に決定いたしました。これからは『#こんかわ』をつけて感想などを呟いていただけると大変嬉しいです。作者は大体読んでいます。

正直、一巻あのラストで今作が終わってしまうのは不完全燃焼だったため、続巻を出せてほっとしています。

というのも、この作品のコンセプトは最初から「許嫁が複数現れる話」です。本来一人しかいないはずの許嫁がいっぱいいたら面白いよね、が原点です。かといって、いきなり複数の許嫁を出しても全員は掘り下げられないので……。一巻では許嫁メンバーが揃ったところで幕引きとなりました。

前巻ではあまり深掘りできなかった氷雨(ひさめ)についても、二巻でしっかり内面を描けてよかったと思っています。外面と内面でギャップがある女の子って可愛(かわい)いですよね。二巻の始まりではカバーイラストの通り、冷たさを備えた拗(す)ねた表情。二巻の終わり、最後のモノクロイラストで氷雨(ひさめ)がどんな表情になっているか、是非見比べてみてください。

以下、謝辞となります。

担当編集の村上さん、黒川さんには今回もご尽力いただきました。

一巻に引き続き、最高のイラストを描いてくださった黒兎(くろと)ゆう先生。毎回、細部にこだわってキャラデザしていただき、ありがたい限りです。

そして最後に、この本を手に取ってくださったすべての方に最大級の感謝を。ありがとうございました。

ミサキナギ

●ミサキナギ著作リスト

「リベリオ・マキナ　―《白檀式》水無月の再起動―」（電撃文庫）
「リベリオ・マキナ2　―《白檀式》文月の嫉妬心―」（同）
「リベリオ・マキナ3　―《白檀式改》桜花の到達点―」（同）
「リベリオ・マキナ4　―《白檀式改》紫陽花の永遠性―」（同）
「時間泥棒ちゃんはドキドキさせたい　俺の夏休みをかけた恋愛心理戦」（同）
「こんな可愛い許嫁がいるのに、他の子が好きなの？1〜2」（同）

本書に対するご意見、ご感想をお寄せください。

ファンレターあて先
〒102-8177　東京都千代田区富士見2-13-3
電撃文庫編集部
「ミサキナギ先生」係
「黒兎ゆう先生」係

読者アンケートにご協力ください!!

アンケートにご回答いただいた方の中から毎月抽選で10名様に「図書カードネットギフト1000円分」をプレゼント!!

二次元コードまたはURLよりアクセスし、
本書専用のパスワードを入力してご回答ください。

https://kdq.jp/dbn/　パスワード　2iy8s

●当選者の発表は賞品の発送をもって代えさせていただきます。
●アンケートプレゼントにご応募いただける期間は、対象商品の初版発行日より12ヶ月間です。
●アンケートプレゼントは、都合により予告なく中止または内容が変更されることがあります。
●サイトにアクセスする際や、登録・メール送信時にかかる通信費はお客様のご負担になります。
●一部対応していない機種があります。
●中学生以下の方は、保護者の方の了承を得てから回答してください。

本書は書き下ろしです。

この物語はフィクションです。実在の人物・団体等とは一切関係ありません。

電撃文庫

こんな可愛い許嫁がいるのに、他の子が好きなの？2

ミサキナギ

2022年4月10日　初版発行

発行者　青柳昌行
発行　株式会社KADOKAWA
〒102-8177　東京都千代田区富士見2-13-3
0570-002-301（ナビダイヤル）
装丁者　荻窪裕司（META＋MANIERA）
印刷　株式会社暁印刷
製本　株式会社暁印刷
※本書の無断複製（コピー、スキャン、デジタル化等）並びに無断複製物の譲渡および配信は、著作権法上での例外を除き禁じられています。また、本書を代行業者等の第三者に依頼して複製する行為は、たとえ個人や家庭内での利用であっても一切認められておりません。
●お問い合わせ
https://www.kadokawa.co.jp/（「お問い合わせ」へお進みください）
※内容によっては、お答えできない場合があります。
※サポートは日本国内のみとさせていただきます。
※ Japanese text only

※定価はカバーに表示してあります。
©Nagi Misaki 2022
ISBN978-4-04-914288-4　C0193　Printed in Japan

電撃文庫　https://dengekibunko.jp/

電撃文庫創刊に際して

文庫は、我が国にとどまらず、世界の書籍の流れのなかで〝小さな巨人〟としての地位を築いてきた。古今東西の名著を、廉価で手に入りやすい形で提供してきたからこそ、人は文庫を自分の師として、また青春の想い出として、語りついできたのである。

その源を、文化的にはドイツのレクラム文庫に求めるにせよ、規模の上でイギリスのペンギンブックスに求めるにせよ、いま文庫は知識人の層の多様化に従って、ますますその意義を大きくしていると言ってよい。

文庫出版の意味するものは、激動の現代のみならず将来にわたって、大きくなることはあっても、小さくなることはないだろう。

「電撃文庫」は、そのように多様化した対象に応え、歴史に耐えうる作品を収録するのはもちろん、新しい世紀を迎えるにあたって、既成の枠をこえる新鮮で強烈なアイ・オープナーたりたい。

その特異さ故に、この存在は、かつて文庫がはじめて出版世界に登場したときと、同じ戸惑いを読書人に与えるかもしれない。

しかし、〈Changing Times,Changing Publishing〉時代は変わって、出版も変わる。時を重ねるなかで、精神の糧として、心の一隅を占めるものとして、次なる文化の担い手の若者たちに確かな評価を得られると信じて、ここに「電撃文庫」を出版する。

1993年6月10日
角川歴彦

電撃文庫DIGEST　4月の新刊

発売日2022年4月8日

創約　とある魔術の禁書目録⑥

【著】鎌池和馬　【イラスト】はいむらきよたか

へそ出し魔女と年上サキュバス。流石は年末カウントダウンの渋谷、すごい騒ぎだなと思いきや、二人は学園都市の闇を圧倒したアリスの仲間のようで!?　金欠不幸人間・上条当麻のアルバイト探しは果たしてどうなる？

娘じゃなくて私が好きなの!?⑦

著／望 公太　イラスト／ぎうにう

私、歌枕綾子、3ピー歳。タッくんとの交際も順調かと思いきや……なんと子供ができてしまう。彼の人生の決断。美羽の気持ち。最後の最後までドタバタしてしまう私達。様々な試練を乗り越えた二人の行く末は――。

ユア・フォルマⅣ　電索官エチカとペテルブルクの悪夢

著／菊石まれほ　イラスト／野崎つばた

「私の代わりに、奴を見つけて下さい」亡くなったはずのソゾンを騙る一本の電話。その正体を追う最中、アミクスを狙う「バラバラ殺人事件」が発生する。犯行の手口は『ペテルブルクの悪夢』と酷似していて――!?

魔法少女ダービーⅡ

著／土橋真二郎　イラスト／加川壱互

惨劇回避のため用意された、二周目の世界。やることは、潜伏する黒幕を見つけ出し、消し去ること。一周目の知識を使い、平穏な日常を甘受するホノカ。だが、些細なズレから物語はレールを外れ、軋みを上げ始め……。

こんな可愛い許嫁がいるのに、他の子が好きなの?2

著／ミサキナギ　イラスト／黒兎ゆう

《婚約解消同盟》vsハイスペック婚約者・氷雨、勃発！　策謀渦巻く四角関係は波乱の勉強合宿へ……!?

美少女エルフ(大嘘)が救う!弱小領地 2　～金融だけだと思った?　酒と女で作物無双～

著／長田信織　イラスト／にゅむ

製糖事業を始めたいアイシア。そのためにはドワーフの技術が必須！　のはずが、若き女族長に拒否られてしまい!?　彼らの心を開くためにアイシアがとった秘策とは……？　爽快・経済無双ファンタジー第2弾！

ちっちゃくてかわいい先輩が大好きなので一日三回照れさせたい4

著／五十嵐雄策　イラスト／はねこと

風邪でダウンした龍之介のため、花梨先輩がお見舞いにやってきた！　照れながら看病してくれる花梨に、龍之介はますます熱があがってしまいそうに!?　さらには、ハロウィンパーティーで一騒動が巻き起こり――！

新作　推しの認知欲しいの?←あげない

著／虎虎　イラスト／こうましろ

あたし、手毬は幼馴染の春永に十年片想いをしているが、彼が好きになったのはもう一人のあたし――覆面系音楽ユニットのderella だった。知られてはいけないもう一人のあたしにガチ恋ってどうしたらいいの～!?

新作　星空☆アゲイン　～君と過ごした奇跡のひと夏～

著／阿智太郎　イラスト／へちま

夜空から星が失われた村で、その少年は日々を惰性で過ごしていた。しかし、そんなモノクロの日常が不思議な少女との出会いによって色付いてゆく。「星夜祭の復活」そのひと言からすべては動き出して――。

新作　チアエルフがあなたの恋を応援します!

著／石動 将　イラスト／成海七海

「あなたの片想い、私が叶えてあげる！」　恋に諦めムードだった俺が道端で拾ったのは――異世界から来たエルフの女の子!?　詰んだと思った恋愛が押しかけエルフの応援魔法で成就する――？

新作　僕らは英雄になれるのだろうか

著／鏡銀鉢　イラスト／motto

人類を護る能力者・シーカーの養成学校へ入学を果たした草薙大和。大出力で殴ることしか出来なかった大和だが、憧れの英雄の息子と出会い、学園へと誘われたのだった。しかし、大和の能力と入学には秘密があり――

新作　飛び降りる直前の同級生に『×××しよう!』と提案してみた。

著／赤月ヤモリ　イラスト／kr木

飛び降り寸前の初恋相手に、俺が力になれること。それは愛を伝えて、彼女の居場所を作ることだ。だから――。「俺とS●Xしよう！」「……へ、変態っ！」真っすぐすぎる主人公&クールJKの照れカワラブコメ！

応募総数 4,411作品の頂点!
第28回 電撃小説大賞受賞作

『姫騎士様のヒモ』

著/白金 透　イラスト/マシマサキ

エンタメノベルの新境地をこじ開ける、衝撃の異世界ノワール!

姫騎士アルウィンに養われ、人々から最低のヒモ野郎と罵られる元冒険者マシューだが、彼の本当の姿を知る者は少ない。「お前は俺のお姫様の害になる――だから殺す」。選考会が騒然となった衝撃の《大賞》受賞作!

『この△(さんかく)ラブコメは幸せになる義務がある。』

著/榛名千紘　イラスト/てつぶた

平凡な高校生・矢代天馬は、クラスメイトのクールな美少女・皇凛華が幼馴染の椿木麗良を密かに溺愛していることを知る。だが彼はその麗良から猛烈に好意を寄せられて……!?　この三角関係が行き着く先は!?

『エンド・オブ・アルカディア』

著/蒼井祐人　イラスト/GreeN

究極の生命再生システム《アルカディア》が生んだ“死を超越した子供たち”が戦場の主役となった世界。少年・秋人は予期せず、因縁の宿敵である少女・フィリアとともに再生不能な地下深くで孤立してしまい――。

銀賞ほか受賞作も2022年春以降、続々登場!

悪徳の迷宮都市を舞台に
一人のヒモとその飼い主の生き様を描く
衝撃の異世界ノワール

第28回
電撃小説大賞
大賞
受賞作

姫騎士様のヒモ

He is a kept man
for princess knight.

白金 透

Illustration
マシマサキ

姫騎士アルウィンに養われ、人々から最低のヒモ野郎と罵られる
元冒険者マシューだが、彼の本当の姿を知る者は少ない。
「お前は俺のお姫様の害になる——だから殺す」
エンタメノベルの新境地をこじ開ける、衝撃の異世界ノワール！

電撃文庫

エンド・オブ・アルカディア

死ぬことのない戦場で死に続けた彼と彼女の、邂逅と共鳴の物語！

蒼井祐人 Yuto Aoi
［イラスト］──GreeN

END OF ARCADIA

彼らは安く、強く、そして決して死なない。
究極の生命再生システム《アルカディア》が生んだのは、複体再生〈リスポーン〉を駆使して戦う１０代の兵士たち。戦場で死しては復活する、無敵の少年少女たちだった──。

電撃文庫

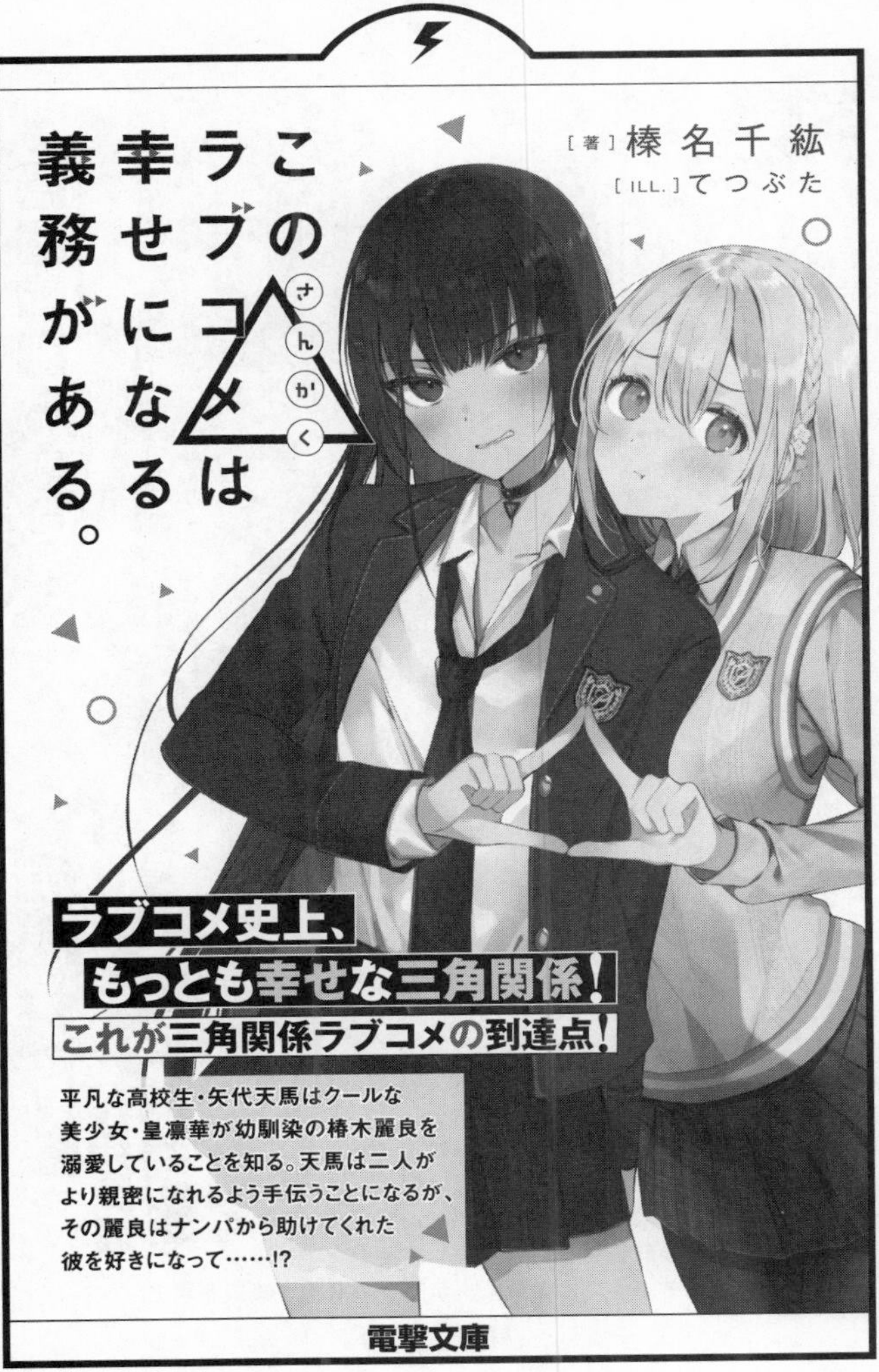

この△ラブコメは幸せになる義務がある。

[著] 榛名千紘
[ILL.] てつぶた

ラブコメ史上、
もっとも幸せな三角関係！
これが三角関係ラブコメの到達点！

平凡な高校生・矢代天馬はクールな美少女・皇凜華が幼馴染の椿木麗良を溺愛していることを知る。天馬は二人がより親密になれるよう手伝うことになるが、その麗良はナンパから助けてくれた彼を好きになって……!?

電撃文庫

その日、高校生・稲森春幸は無職になった。
親を喪ってから生活費のため労働に勤しんできたが、
少女を暴漢から救った騒ぎで歳がバレてしまったのだ。
路頭に迷う俺の前に再び現れた麗しき美少女。
彼女の正体は……ってあの東条グループの令嬢・東条冬季で――!?

電撃文庫

陸道烈夏

illust
らい

「命（タマ）とられちゃったけど、文句あるか？」

この少女、元ヤクザの
組長にして――!?
守るべき者のため、
兄（高校生）と妹（元・組長）が蔓延る悪を討つ。
最強凸凹コンビの
任侠サスペンス・アクション！

タマとられちゃったよおおおぉ

YAKUZA GIRL

電撃文庫

魔女学園最強のボクが、実は男だと思うまい

Author
坂石遊作
Illustration
トモゼロ

Nobody Think About Me, the Strongest Student at Witch School, is a Man in Fact.

「ユート。――魔女学園に潜入しろ」

男だけがなれる騎士と女だけがなれる魔女。二つが対立するなか、騎士のユートは騎士団長である兄から、女装して魔女学園に潜入せよというミッションを与えられた。兄の無茶ぶりを断ることができず、男子禁制の魔女学園に転入したユートに告げられたのは、世界を変える魔法の存在と、その魔法を使えるかもしれない魔女を、周囲の女子たちのなかから突き止めろというものだった――。

電撃文庫

My first love partner was kissing

私の初恋相手がキスしてた

[Iruma Hitoma]
入間人間
[Illustration] フライ

私の家に、ある日彼女がやってきて――

STORY

うちに居候をすることになったのは、隣のクラスの女子だった。
ある日いきなり母親と二人で家にやってきて、考えてること分からんし、
そのくせ顔はやたら良くてなんかこう……気に食わん。
お互い不干渉で、とは思うけどさ。あんた、たまに夜どこに出かけてんの？

電撃文庫

［著］上月司
［絵］ろうか
Tsukasa Kohduki
Illustration
Rouka
可愛い可愛い彼女がいるから、お姉ちゃんは諦めましょう？
告白失敗トライアングル!?
STORY
「ハイ、センパイ。あーん、ですよ」僕の彼女は可愛い。こんなに綺麗で可愛くて甘え上手な彼女がいるなんて、普通に考えれば幸せ以外の何でもない——はずなのに、僕が胃をキリキリさせて苦悶しているのには理由がある。僕が想いを寄せる、城之崎ゆかり先輩に告白を決意したその日は、二人きりで放課後の司書室で作業と決まっていた。これぞ転機と司書室に先輩が入ったのを確認し、思いの丈をぶつける……が。「好きです！　付き合って下さ——ぃっ!?」告白した相手が見知らぬ美少女だと気付きフリーズしていると、隣の保管庫から出てきたのは先輩だった!!「“お姉ちゃん”——告白されたので、この人と付き合うことになりました」先輩と後輩、姉と妹、あなたはどっち派？　誤爆から始まるこの恋の行方は!?
電撃文庫

The Method of Guard

護衛のメソッド

―最大標的の少女と頂点の暗殺者―

小林湖底
Author／Kotei Kobayashi

イラスト 火ノ
Illustration／Hino

敵は、全世界の犯罪組織。
一人の少女を護るため、
頂点の暗殺者が暗躍する。

裏社会最強の暗殺者と呼ばれた相原道真は、
仕事を辞め平穏に生きるため高校入学を目指す。
しかし、学園管理者から入学の条件として提示されたのは「娘の護衛」。
そしてその娘は、全世界の犯罪組織から狙われていて――。

電撃文庫

キミの青春、私のキスはいらないの？

Don't you need my kiss for your youth?

うさぎやすぽん

イラスト あまな

「普通じゃない」ことに苦悩する
すべての拗らせ者へ届けたい
原点回帰の青春ラブコメ！

「ね、チューしたくなったら
負けってのはどう？」

「ギッッ!?」

「あはは、黒木ウケる
――で、しちゃう？」

完璧主義者を自称する俺・黒木光太郎は、ひょんなことから
「誰とでもキスする女」と噂される、日野小雪と勝負することに。
事あるごとにからかってくる彼女を突っぱねつつ。俺は目が離せなかったんだ。
俺にないものを持っているはずのこいつが、なんで時折、寂しそうに笑うんだろうかって。

電撃文庫

第27回電撃小説大賞

孤独な天才捜査官。
初めての「壊れない」相棒は
ロボットだった――。

菊石まれほ

［イラスト］野崎つばた

ユア・フォルマ

紳士系機械 × 機械系少女が贈る、
ＳＦクライムドラマが開幕！
相性最凶で最強の凸凹バディが挑むのは、
世界を襲う、謎の電子犯罪事件！！

最新情報は作品特設サイトをCHECK!!
https://dengekibunko.jp/special/yourforma/

電撃文庫

ギルドの受付嬢ですが残業は嫌なのでボスをソロ討伐しようと思います
uketsukejou saikyou
残業回避!
定時死守!
(自分の)平穏を守るため、受付嬢が凄腕冒険者へと変貌する――!?
第27回 電撃小説大賞 金賞 受賞
ギルドの受付嬢ですが、残業は嫌なので
ボスをソロ討伐しようと思います
冒険者ギルドの受付嬢となったアリナを待っていたのは残業地獄だった!? すべてはダンジョン攻略が進まないせい…なら自分でボスを討伐すればいいじゃない!
[著] 香坂マト
[ill] がおう

電撃文庫

ある中学生の男女が、永遠の友情を誓い合った。1つの夢のもと運命共同体となったふたりの仲は、特に進展しないまま高校2年生に成長し!?　親友ふたりが繰り広げる、甘酸っぱくて焦れったい〈両片想い〉ラブコメディ。

電撃文庫

和ヶ原聡司
イラスト 有坂あこ
satoshi wagahara
ill. aco arisaka
ドラキュラやきん!
夜しか外出できない吸血鬼が、
現代日本で選んだお仕事は
〝コンビニ夜勤〟!?
虎木由良は現代に生きる吸血鬼。
バイト先は池袋のコンビニ(夜勤限定)、
住まいは日当たり激悪半地下物件(遮光カーテン必須)。
人間に戻るため清く正しい社会生活を営んでいる。
なのにある日、酔っ払いから金髪美少女を助けたら、
なんと吸血鬼退治を生業とするシスター、アイリスだった!
しかも天敵である彼女が一人暮らしの部屋に
転がり込んできてしまい——!?
虎木の平穏な吸血鬼生活は一体どうなる!?
電撃文庫

第23回電撃小説大賞《大賞》受賞作!!

最終選考委員・編集部一同を唸らせた
エンターテイメントノベルの
真・決定版!

86
[EIGHTY SIX]
―エイティシックス―

The dead aren't in the field.
But they died there.

[著]
安里アサト

[イラスト]
しらび

[メカニックデザイン] I-Ⅳ

The number is the land which isn't admitted in the country.
And they're also boys and girls from the land.

ASATO ASATO PRESENTS
Illustration/Shirabi Mechanicaldesign/I-IV

電撃文庫

おもしろいこと、あなたから。

電撃大賞

自由奔放で刺激的。そんな作品を募集しています。受賞作品は「電撃文庫」「メディアワークス文庫」「電撃コミック各誌」等からデビュー!

上遠野浩平(ブギーポップは笑わない)、高橋弥七郎(灼眼のシャナ)、
成田良悟(デュラララ!!)、支倉凍砂(狼と香辛料)、
有川 浩(図書館戦争)、川原 礫(ソードアート・オンライン)、
和ヶ原聡司(はたらく魔王さま!)、安里アサト(86―エイティシックス―)、
佐野徹夜(君は月夜に光り輝く)、北川恵海(ちょっと今から仕事やめてくる)など、
常に時代の一線を疾るクリエイターを生み出してきた「電撃大賞」。
新時代を切り開く才能を毎年募集中!!!

電撃小説大賞・電撃イラスト大賞・電撃コミック大賞

賞(共通)
大賞……………正賞+副賞300万円
金賞……………正賞+副賞100万円
銀賞……………正賞+副賞50万円

(小説賞のみ)
メディアワークス文庫賞
正賞+副賞100万円

編集部から選評をお送りします!
小説部門、イラスト部門、コミック部門とも1次選考以上を通過した人全員に選評をお送りします!

各部門(小説、イラスト、コミック)郵送でもWEBでも受付中!

最新情報や詳細は電撃大賞公式ホームページをご覧ください。

http://dengekitaisho.jp/

主催:株式会社KADOKAWA